生程吟咏

SHENGCHENG YIN YONG

郝侠君◎著

APGTIME 时代出版
时代出版传媒股份有限公司
安徽文艺出版社

图书在版编目（CIP）数据

生程吟咏/郝侠君著. —合肥：安徽文艺出版社，2019.9
（2023.4 重印）
ISBN 978-7-5396-6596-2

Ⅰ. ①生… Ⅱ. ①郝… Ⅲ. ①诗词—作品集—中国—当代 Ⅳ. ①I227

中国版本图书馆 CIP 数据核字(2019)第 040181 号

出 版 人：姚　巍
责任编辑：何　健　　　　装帧设计：徐　睿

出版发行：安徽文艺出版社　www.awpub.com
地　　址：合肥市翡翠路 1118 号　邮政编码：230071
营 销 部：(0551)63533889
印　　制：阳谷毕升印务有限公司　(0635)6173567

开本：700×1000　1/16　印张：24.75　字数：300 千字
版次：2019 年 9 月第 1 版
印次：2023 年 4 月第 2 次印刷
定价：58.00 元

生程吟咏

目录

附录

杭州西湖游

1955年至1957年，我在复旦大学哲学研究班进修。毕业前，部分同窗好友结伴游西湖。

玉泉观鱼

清池映绿树，粒粒吐珍珠。
群鲤逗人趣，相亲若子孺。

六和塔

朝阳送我来，秀木齐张臂。
兴登七级塔，欣瞰一江碧。
窗窗呈画幅，级级唤诗情。
攀檐扣钟响，杖飞落地鸣。

立望钱塘江

塔影当江插，水鸥挨浪飞。
叠桥重车过，群帆映日辉。

登南高峰

南峰峻峭耸高天，急疾风云掠膝前。
友我欢欣频指点，西湖万景笼青烟。

（1957 年 5 月 2 日—5 日）

怀念上海学友

长江的水汹涌澎湃地向东流去，
流向太阳升起的地方；
我的感情长河啊，也在向东流去，
流向友人们身旁。
江上正在升起一道长虹，
它的两端落在龟蛇两山之上；
我们也正在架设一座友谊的桥梁，
它的两端落在我们的心上。

（1957年8月）

潜 台 词

在现今世界上是谁对我的心最具有启动力和导向力？
是她！
在现今世界上是什么地方对我最有吸引力？
是她居住和工作的地方。
有时，我希望时间停止不动，
这是与她相聚的时候。
有时，我又希望时间飞快流逝，
这是期待与她见面的时候。
在我的生活圈内，什么是现今世界上最美好的创造？
是她——她已成为我心中美好的事业、思想、
情感的化身。
什么是现今世界上我最关注的事？
是她的健康和工作状况，
是我和她之间交谊的成长，
是她同我一起走过的路、一起观赏的景，
是她同我一起瞩望的明天和前方。

（1960 年 10 月）

桂林与两颗心

明净清秀的山水
明净清秀的城市
明净清秀的旅社
明净清秀的住室
明净清秀的两个人
明净清秀的两颗心
明净清秀的结合
明净清秀的“新婚”
一切都是这么明净清秀
在这般明净清秀中包含着
像这里山水那样瑰丽
那样凝重
那样纯真圣洁
那样光明磊落的
幸福的生命
幸福的青春

不 落 梅

1962年春，仲文由梧州来武汉小住，送别后徘徊吟咏久之。

凭栏共看花，指点春行迹。
人花相倾慕，神魂融一体。
志坚铁莫比，情纯玉难衡。
凌寒举香帜，揭开百代春。
联手摘同心，植心花瓶里，
绿萼间黄蕊，日夜香盈溢。
人去心长住，心花照卧室；
季节经冬夏，春情无落时。

惊　诧

暑假的一天，我在梧州工人医院仲文办公室阅读资料。仲文因公即将离开办公室，叮嘱我离去时关好门，话音未落，突然俯身吻我。

刹那，
热唇紧贴我的面颊
是爱情的突发，
是异性在我生命史上破天荒第一次捧进的心花
我是几分惊慌
却又十分欢洽
怕它滚落
要它留下
留下
永远留下
我头也不敢摇
身也不敢摆
——是痴？是傻？

（1962 年暑假）

咏别家乡亲人

山村岭头别

节前偕春来，节后怀春去，
挥手留寸心，春晖照山树。

作弟挑担送别黄铺

深情送一担，别绪系三人。
车行望渐远，招手透尘昏。

安庆登江平轮

昨宿双亲侧，今眠古塔旁，
江平载我去，指日到武昌。

江上思之一

心随红日起，情逐大江流，
亦愿化溪水，弯弯绕岭头。

江上思之二

事业如天阔，鸳鸯展翅飞。
不忘故里好，他日再偕归。

附：父亲的和诗

回来不几天，便又要别去。
远望双星影，透过山山树。
元方与季方[①]，不应让前人。
扬镳分道好，敬业惜晨昏。
地任天边远，人争第一流。
武昌与梧市，时时在心头。
梁孟称贤配[②]，如何不奋飞，
且看我儿媳，夺得锦旗归。

（1963 年春节后）

---

① 元方与季方：东汉著名官吏陈寔两个儿子陈纪、陈谌之字，两人都是当时颇有才德的人物，陈寔说他俩“元方难为兄，季方难为弟”，意思是难分上下。后世以“元方季方”赞美兄弟才德俱优。

② 梁孟称贤配：梁鸿与孟光为东汉著名贤夫妇，为人正直高尚。

同在梧州获调音

睡眼刚睁闻喜声，小华喜色溢张唇。
“可以一齐离这里，同回武昌安家庭。”
又勾脖子转一圈，喜漫我心荡六神。
却又担心胡变卦，安抵武昌始定心。

（1963 年 8 月 13 日闻调音，其后记情）

1969年初冬至1970年秋漳河水库杂咏

下乡“斗批改”

舟车浩荡直驱前，万转千回进远山。
环境翻新图进步，练就红心换新颜。

思念仲文

身影隔千里，情思特浓烈。
触景易生情，夜深睡不得。

观日月有感

卿貌似明月，容光泛喜悦。
卿心同丽日，温暖周身彻。

进餐联想

每次进餐场，思卿膳事忙。
账目算清否？午休可回房？

过山坡悬念

每每上山坡，思卿被病磨。
神经痛彻骨，蹲地莫奈何。
革命须身健，医疗莫宕拖。

看山景

群山归足下，库水沉山底，
秋色盈双目，闸堤最壮丽。
得如庐岭游，酣畅飞天际。

颂红旗联想

伟哉毛主席，高天展红旗；
劈开条条路，齐通理想地。
浩荡革命军，撼山震地起；
英雄不计数，同心创伟绩。
你我皆党员，态度宜积极；
改造全世界，此志定不移。
接受再教育，滚上一身泥；
结合工农兵，战斗不停息。

忆大小毛

每见农家子，深深忆二毛。
身心可健好？养教可周到？
大毛靠贤嫂，千好又万好，
只需禁二气①，步步阳关道；
小毛也防娇，力争三个好②，
园家两照顾，山松渐渐高。

---

① 二气：娇气、骄气。
② 三个好：吃好，睡好，玩好。

答 仲 文

下乡后,仲文给我的第一封信,不置片言,仅恭录毛主席词《清平乐·会昌》,联系现实,思之再三,得七绝一首作答。

青山踏遍人犹健,步履如飞担草回。
思想攀高趋岱顶,寒天挺立学红梅。

山乡夜吟四首

一

因何不见信，岂是病缠身？
远隔难为伴，烦忧不寐人。

二

曾记初相识，畅通两地书，
倾心谈理想，高洁胜明珠。

三

十载爱情史，篇篇火样红，
苦甘心不二，革命志相同。

四

社会朝前进，年华又换新，
应争都健好，跟党作长征。

漳河春日晨望

红日喷晨霞，青山笼薄纱。
眼神飞域外，春色漫昙华①。

① 当时仲文在武昌县华林湖北函授学院工作。

驻地生活写照十首

一

冲向寒风口,唤醒一路山,
跑过一圈步,驱散一身寒。

二

列队盥洗去,山下有清泉。
峰顶托红日,池面绕轻烟。

三

席地朝阳坐,全班围一圈,
学用红四卷,朗声侃侃谈。

四

室外风雪紧，室内雪花飘，
围炉谈世事，四海卷红涛。

五

顶风踏雪去，送粪到山村。
劳动创时势，何愁路不平。

六

白雾浸霜林，昂首挺胸行，
山泉温我手，洗尽满衫尘。

七

旭日洗霜林，溪水绕山鸣。
独步思潮涌，浑身热气腾。

八

此地春来早，漫山热气腾。
交心谈整党，革命不稍停。

九

群众来评论，句句触灵魂，
伸出双双手，携我共长征。

十

临水跨山立，漳河一礼堂。
长队踏歌去，讲用炼纯钢。

水库春望二首

一

青山环绿水，杂树拥桃林。
春色千般好，阳光暖众心。

二

目逐东流水，寄情过远山，
何时见黄鹤①，为我祝平安。

① 当年仲文住黄鹤楼附近。

早春雨雪连绵日杂咏

一

任你阴风吼，任你盖乌云，
任你漫天雪，任你遍地冰。
春自顶风走，春自踏雪行，
春自擂战鼓，春自辟新程。
指日迎晴暖，必将万象新。

二

春来几见返冬寒，大地复苏可阻拦？
柳树依然添绿蘖，桃苞竞长兴方酣。

三

寒雨经旬喜转晴，朝阳放彩倍精神，
澄清埃垢明千里，山色水光焕一新。

七月返汉小聚又回漳河途中吟

车过沔阳

大车满座雨中行，驰入沔阳天转晴。
背后阳光送温暖，两厢棉地展新青。
爱妻此刻作何想？骄子兹时有啥情？
离聚无须常在意，正当革命又长征。

老农谈潜江巨变

老农谈潜江,往年水汪洋,
芦柴高过屋,人民食无粮。
全凭毛主席,潜江换新天。
纵横开渠道,荒湖变良田;
科学大勘探,到处有油源,
井架凌空立,打开幸福泉;
更加兴盐业,出产优质盐;
工业大发展,人民乐无边。

(1970 年 7 月)

郑州读信兴感

身离心系总情牵,细读来函想几番。
两地书通情若昨,三江春满景如前。
桂林初聚殊明洁,庐岭同游最美甜。
缱绻梧州双魄合,缠绵肇庆两心连,
太安道上醉同坐,扬子江中喜共眠。
滑跌致伤因恋念,牵思彻夜忆兰言。
天寒地燥志犹壮,雨打风吹色更妍。
革命征途长携手,红霞必定满铺天。

(1974 年 6 月,郑州)

由合肥回武汉飞行中忆想[①]

带着你的友情、你送别的话音飞上蓝天
在蓝天里看到你依然如故的纯朴衣着
在白云里看到你依然如故的洁净容颜
我收回目光沉入历史的忆念、现实的思念：
二十多年前同窗复旦、受教于苏联和中国专家
大家攻读马列的那种倾心、那份热情真可谓空前，
不同年龄段、不同阅历的同学
恰如和谐的兄弟姊妹亲密无间
在坦荡真挚友谊的宽阔湖面
还有几处爱恋的情澜。
毕业后分散全国各地的大半成员早已不通信息
往事往情渐渐淡入云烟，

---

① 上海同济大学、武汉华中科技大学等理工大学联手编写马克思主义哲学教材，在合肥举行研讨会，邀我参加。我在这里会见老同学谢作陶，回汉时，谢到机场送行。

个别偶逢机缘会聚就显得特别兴奋格外新鲜。
没料到我俩竟然重逢在同一专业的工作热线
——哲学原理新教材的编写探研，
希望今后还能交流认识、加深研究，
企求对专业发展做出星点贡献。

（1980 年 10 月 17 日草于飞机上）

江上吟

1981年暑期，由故乡潜山到安庆作短暂停留，先送仲文、小毛登船去武汉，随后我乘船去采石矶小妹家，江上甚念母子二人。

才欣新月催金浪，又赏朝霞衬墨林。
傍晚宜城同信步，凌晨巨艇独沉吟。
相携欠识合时美，分手殊思聚日亲。
身托江流去采石，心随母子向江城。

游采石矶赠蔚棣甥

翠螺山观夕照抒怀

夕照绝佳邀鉴赏，景观壮美受推崇。
折犹挺进夸江水，寒不改容赞劲松。
胜地天成蕴人化，英豪势造耀师功。
青莲未必无新出，后学毋忘磨炼工。

登太白楼有感

太白诗作怎成就？非酒非仙靠索求。
亲历沉浮谙万事，周游山水识九州。
写诗须具诗人脑，绘画当张画士眸。
磨杵成针凭意志，不登顶级不停休。

（1981 年夏）

无　　题

一腔积愫倾江水，跟浪随波任自流。
皓月佳期不露面，怕招天下远思愁。

（1982年中秋之夜）

春日团聚并欢送屈公赴新任[①]

情欢大局小局，茶话旧风新风。
岂屈艰难矛盾，秉公求是贯通。

① 写于 1985 年 2 月，校党委宣传部总结工作并欢送屈演文同志就任学报工作座谈会上。2003 年 10 月重读该诗，回忆当年情境，做适当修改。

1988 年重阳节口占[①]

年老心犹壮，神青体亦青。
登高欣望远，放步探新程。

① 2003 年 12 月 6 日对本诗作一字的修改，并作后记，文曰："1988 年重阳节日口占以抒心境，现在已是 15 年过去了，心境仍大体如此，只将原作中'神青体亦青'的'青'字统改为'轻'字，就觉得合适了。修改后的诗全文印悬书室内。"

桂林游抒怀[1]

桂林重游

年经廿八重游桂，一路风光倍觉亲。
水似碧晶明透底，山如青笋叠多层，
洞天倒影双景现，乳石造型百态生。
欲借几山和几洞，分途赠友共娱情。

漓江览胜

娇山隔雾望，秀水抚船流，
“雄狮”攀“掌”上，“神笔”对天涂，
“九马”腾空起，“七仙”落地游。
群贤笑指点，共赞神奇图。

---

① 这几首诗写于1989年参加桂林市举行的全国领导科学学术研讨会后，第二首诗中所有引号内的名词均为导游所指景点。

阳朔志兴

古榕树侧聚同俦,戏撑竹筏接抛球。
近浓远淡山环立,左顾右盼月勾留。
甲世风光诚可爱,低层经济实堪忧。
且喜高人来聚会,共兴新学作宏筹。

六十周岁前夕思绪

我不情愿满六十

时间却那样无情
硬叫六十向我逼近
如果时间可以倒流
我真想倒流到十八至二十六这些岁数
如果世事列车可以倒开
我真想回到开国初期火红年代
工作由开封到武汉
学习由北京到上海
马列声高、社会诚信、日朗风清、豪情满怀
如果逝去的时间可以重新使用
我真想用足够时间学好多门外语
用足够时间掌握更多科学领空
练就一身真才实学硬功
还要用足够时间锻炼身体

炼成耐寒耐热的劲松
完全没有料到
耳顺之年耳不顺
一个偶然冲击——突聋
多方医治补救——没有根本改进
让我警醒——重保健,莫轻心
展望今后人生旅程
不会一路宽畅平静
还可能遭遇难关困境
要准备跋山涉水,要有继续奋斗精神
六十年来经历过不少风浪、坎坷、灾害
然而更多的是承受了来自多方面关爱
我们这一代和连绵不断的后代都要用爱心去建设
努力营造起最大多数人能够避开灾害、得到幸福的世界
任何时候都要扫除那些破坏这个伟大历史工程的妖魔鬼怪
对此,我是痴心不改

戈壁滩默咏

1994年8月17日，我和李格非在完成新疆招生任务后，即乘火车离开乌鲁木齐，途经哈密直至甘肃嘉峪关一带，长时间只见无边无际的戈壁滩，一片荒凉。我默默地看着，思索着。

戈壁滩，你袒露着冷漠

——也许是从未接纳人类情意的原始大自然的继续
也许是大自然对人类恣意蹂躏的报复
戈壁滩，你袒露着贫穷
——不知经过多少灾变、蒙受过多少苦痛
不知作过多少挣扎、奋争，总是无可奈何地默对苍穹
戈壁滩，你展示着广阔
——平坦坦的原野把层叠的山峦推到辽远的四周天边
这淡远的山峦之环支架着低垂的空荡荡的蓝天
戈壁滩，你抒写着深沉
——是一个深不可测的神秘王国

也许长久储藏着从未有人知晓的大量宝贵资源
也许在极深层面长久拥有广布的复杂水网和流淌着的长河
戈壁滩,你透露着希望
——从一丛一撮绿草
从偶尔出现的小木屋
从系在你腰间的公路铁路
透露着生机、力量、美好的前方
戈壁滩,你给人类的科学以支点,人类的科学给你以动力
也许十几年后、几十年后,你将化为:
良田、牧场、矿区、工厂,纵横交错的街道、多姿多彩的楼房;
波光清亮的江河湖泊,铺满树木花草的平原山冈。
那时啊——
你就是真正幸福的
人间天堂!

记几位初中同学小聚武汉

世间毕竟有真情，一聚不辞千里行。
半百风霜嗟改貌，满腔热血喜留神。
团围话语腾欢浪，开敞心胸溢谊馨。
江汉山湖酬望眼，相期再会杏花村。

（写于 1995 年 5 月）

为世界妇女大会献诗[①]

人世原由女主宗，补天还仗女英雄。
行行历代女多杰，熠熠如今星满空。
禁障纷纭难立业，身心解放定成功。
且凭“纲领”再开路，前景辉煌报马翁。

① 1995年9月4日至15日北京召开世界妇女大会，通过促进全球妇女权利的《北京行动纲领》。仲文同我喜议中合写此诗。

爱孙出生志喜

1995 年 9 月 26 日 12 时 39 分，爱孙降生于黄鹤楼近旁的武汉市第三人民医院，大喜，赋诗一首。

喜看天行健，美哉赤子生。
亲朋皆瞩目，黄鹤舞白云。

遐想和瞩望

傍晚和清晨,在大轮甲板上散步,眺望江景,思念刚满六岁的胜圣和刚满月的天天,有如潺潺流泉,生发一串遐想。

柔和的淡云拥抱着幼小的月亮
奔腾的大江捧托着稚嫩的太阳
宛如互相映照的姐弟俩
一同面对着:
五星红旗迎风招展,巨大客轮呼啸逐浪,阵阵江鸥嬉戏翱翔
这一切吸引着大轮上乘客们千百双跃动着喜悦神情的眉眼
姐弟俩瞬即绽开了会心的笑脸
请看!更新的时代和世界在期待着、在伫望着,
请听!它们一齐发出
动情而强有力的呼唤:
成长吧,快快成长
小月亮和嫩太阳!

(1995 年 11 月初)

喜看孙儿洗澡后光洁身躯

他的光洁身躯的每一寸肌体都是那样柔嫩、洁净、芳馨、瑰丽
那里正开始孕育着良心、智慧、活力
我的眼前立即出现一种令人动情的远景——
这副美好肌体长成魁梧挺拔的大树
树上鲜花盛开、硕果密集
我亲吻着他的每一寸肌体
也在亲吻那正开始孕育的良心、智慧、活力
也在亲吻那必将长成的大树和大树所能生长出的一切“业绩”
我陶醉了,陶醉在幸福的现场,陶醉在充满希望的幸福的梦里。

（1996 年 8 月 7 日）

江上念我孙天天[①]

畅望江天想天天，如何成长像江天？
大江浩荡无穷力，辽阔天空纳万千

① 1996 年 9 月 10 日，陪送一山弟与婷妹，由武汉乘船回马鞍山途中写。

忆马鞍山与亲人团聚几日夜

马鞍山市庆晚会志感

安徽东起一马鞍，卅载腾飞志更酣，
茂盛文明织锦绣，仙女怎能不下凡[①]？

访李白墓居和当涂水乡

昔白乘月去，今约访诗来。
青山华卷展，水国画屏排。
登阁挨君立，临池赏莲开；
湖波抚蟹篓，岛屋荫渔才。
荡舟拥阔水，对话抒情怀；
如何再努力，发展上高台。

---

① 晚会有“七仙女舞”这个节目。

咏亲人三聚

人生事事是机缘,刘郝许朱[①]共一船。
三聚三弹欢乐曲,亲情如蜜喜团圆。

(1996年9月14日,写于马鞍山去无锡赴会途中)

① 朱、许为两位侄媳姓。

赞 胜 圣

聪明出众确如名,幼小唐诗自在吟。
巧舌常飞绝妙语,慧心更葆赤诚情。
舞姿随意画图美,琴指传神乐曲醇。
系领红巾飘喜气,前程远大望殷殷。

(1996 年 10 月 31 日,胜圣七周岁生日,与仲文合作)

特录仲文欢咏黄陂校友盛大聚会诗

1996 年 11 月初,仲文回故乡黄陂参加初中校友盛大聚会。归来畅述往事今情,我助兴促其成七律一首。主作是仲文,我是敲边鼓。

悠悠岁月如流水,学谊乡情却长青。
养我全亏故土热,启蒙多仗古楼情。
考棚代代出英杰,风亭步步畅心声。
说旧谈今欢大聚,吾侪何似老年人?!

望 路 吟

楼立蛇山麓，窗临首义林。
神勘天下路，心系亿家亲。
近路呈明阔，远途入渺冥；
迩遐当接续，夷险待查明。
徒望难评断，巡行可探真。

（1997 年写于黄鹄山庄住处）

政治系 78 年级同学校庆重聚原教室感赋

廿秋欢再聚,原室话当年。
实践验真理,春风绿校园。
中华生巨变,马列展新篇。
瞬息皆成士,纷然尽出山。
画图布天下,甘苦贮心间。
家事凭支柱,公勤赖挺肩。
前瞻欣望眼,回顾热丹田。
忧乐均希告,方舟可保安。

五十校庆忆前辈师长

忆潘梓年校长[1]

元帅兴工您主持，校风人品两名驰。
高坛讲哲情犹昨，朴实精深启众思。

忆理论家李光灿同志[2]

鲜明透亮学如人，会室课堂解乱纷。
睿智风华能服众，重轻得当善持衡。

① 中原大学由陈毅元帅负责兴办后，由潘老主持学校工作。

② 光灿同志原名高清远，山东梁山人，1935 年加入中国共产党，曾在中原大学先后主持理论工作和教务工作，有很高威望。以后调离，历任中央人民政府法制委员会委员、中科院哲学研究所研究员、辽宁大学副校长、中国社科院法学研究所研究员、中国法律史学会副会长。

忆艺术表演家崔嵬同志[①]

夫妇同台演《母亲》，逼真艺境撼心灵。
相机长摄人间景，喜播群英革命情。

忆学长林山同志[②]

一身豪气讲新知，滚滚江流荡妄痴。
情系黎民苦与福，浠河岸畔赋长诗。

（1998 年秋）

---

① 崔嵬同志曾任中原大学文艺学院院长兼任戏剧系主任，以后离校专门从事电影艺术工作。

② 林山同志先后担任中原大学团委书记、政治学院副院长、中南政法学院副院长、湖北大学副校长，一度下放湖北浠水县担任县委副书记，写过一篇倾情浠水人民的长诗。

姊妹兄弟欢庆大姐七十寿辰[1]

五十春秋一团圆，皖山皓月俱开颜。
双星寿庆盈门喜，九霄乐奏沁心甜。
回顾只记欣慰事，前瞻可见明艳天。
家传勤俭能承续，幸福花开满故园。

---

① 大姐满七十时，大姐夫已是七十二，故称双星寿庆。当时我还写了一副对联，联文曰：岁为古稀，情亦古稀，患难相扶持，恩爱永久；住甚清净，行更清净，甘苦同过渡，福寿绵延。

财政系51年级同学欢聚有感

马列治财学，中南第一花，
栽培又嫁接，功德布中华。
与会均高寿，精神傲晚霞，
童颜衬鹤发，欢笑互相夸。
往事欣回首，新风灿迩遐。
共期跨世纪，再会品鲜葩。

（1998年10月）

观　竹

窗外丛丛竹，因何叶变黄？
源源生翠蘖，御冷换新装。

（1998 年 11 月末）

1999 年春节仲文生日志喜

今天是春节初一,恰值仲文 67 周岁生日(2 月 16 日),一家九口畅游东湖梅园以为庆。

春节年年有,今年特别亲;
恰逢文诞日,三代倍欢欣。
时日本无情,情是人添增;
人爱春生暖,人重血亲情;
祝春并祝寿,欢情热腾腾。
众口吐心声,声声说寿星:
“作息须规律,饮食不可轻,
练功应适当,心地贵清平。”
君健众心安,左右笑吟吟。
春风播嫩绿,春阳荡寒云,
春色媚湖景,花浪闹梅林,
快艇掀波浪,喷泉放流星。
春乐催起舞,彩笔绘人生。

洪德铭同志80寿诞祝词

1999年9月14日,校领导为德铭同志寿诞举行庆祝会,我用四句诗概括他老年生活的精神特征,衷心祝赞。

战士无暮年,壮心从未已,
老骥不伏枥,矢志为主义。

揣摩梅儿商洋搏击心怀

搏击商洋任浪狂，既因生计也为邦。
无商哪得国富路？不学何来自奋方？
低谷犹思高岭上，小舟争比巨艇强。
跌而复跃开新径，远眺抒怀喜曙光。

（写于1999年9月23日）

傍黄鹤山居畅心歌

傍鹤山居合我心，幽深静谧少烟尘；
环观面面迎佳色，特爱餐餐品秀林。
四季怡神围翠绿，暑炎惬意拥浓荫；
秋钦金桂播清韵，冬羡俊梅立雪吟；
最喜春风偕日暖，频催嫩叶漫山新。
抒怀畅想天人合，驭气乘风神体轻；
友戚儿孙腾笑浪，书刊乐视润心灵。
这边夕照风光好，日月相牵无限情。

（草于1999年11月底，几经修改）

澳门回归联语抒怀

一

四百年割肉,何堪大耻;
五十载积力,方洗长羞。

二

骨软兼贫弱,乃招屈辱;
志坚加富强,才获尊严。

三

旧殖民主义从此消逝我土;
新中国旗帜至此插遍南疆。

四

庆长期现实，存容两制，
赢祖国一统，兴旺发达；
望遥远将来，汇合百花，
成全球公园，幸福自由。

（1999 年 12 月 18 日离退休同志庆澳门回归座谈会上喜草）

祝青松诗社成立

中南财经大学老年协会新一届领导组织诞生之始，即酝酿成立诗词学社，拟定名为青松诗社。在中南财经大学与中南政法学院合并为一所高校后，原两校老协随即组合，并确认青松诗社命名，提倡发扬陈毅同志著名诗篇《青松》所颂扬的高洁坚挺精神，在端午节日举行诗社成立庆典时，特感兴奋，喜咏祝词一首。

楚天殊畅朗，喜庆雅风开。
老协创诗社，豪情奋九陔。
李崔联袂至，屈子乘龙来，
山谷发清韵，东坡抒浩怀，
毛公飞伟卷，陈帅展文才，
南院留风采，名诗励后侪①。

① 屈原、李白、崔颢、黄庭坚（山谷）、苏轼（东坡）和毛泽东都在湖北写过著名诗篇。为纪念陈毅同志代表中共中央中原局亲手创建我校前身中原大学的历史贡献，经中央批准在我校首义校区南院思园建造了他倾身讲演塑像，并刻置《青松》诗碑。

弟兄重聚合，学府立新牌。
如鼓诗吟唱，热催上高台。

喜看子韫百日照

近日喻辉跟税务局同志们一道游天柱山，从梅城家里带回国祥幼儿子韫照片一张。我反复端详，由衷喜悦。

看你胖墩墩，康泰浑无病；
长此善珍摄，赢得金刚身。
看你稳当当，神情特安详；
似谙天下事，心中有主张。
看你笑眯眯，周围定适意；
环绕百般爱，应登高品级。
名字谅如人，美玉不露形，
日后获开发，辉耀地球村。

（2000 年 4 月 16 日晨）

颂张人价教授九十高寿

孜孜求真理，马老传风骨①；
留洋成硕学，归国造梁柱。
杏坛授经济，后生沐化雨；
宏论重农派②，学林新建树。
耄耋恋耕作，犹自理园圃；
高朋常满座，畅议兴华路。
爱侣长相伴，孝女多侍护；
儿孙每聚会，欢笑溢门户。
德高必望重，楚天庆九如③；
春风绿六合，黄鹤来山麓。

（写于2000年4月）

---

① 张教授继承了他的老师马寅初先生探求真理、坚持真理的高尚风骨。

② 专著《重农学派的经济理论》对重农学派理论的阐释评论有新的建树，获学术界很高评价。

③ 《诗经·小雅·天保》以九如（“如山、如阜、如冈、如陵、如川之方至、如月之恒、如日之升、如南山之寿、如松柏之茂”）祝福寿绵长。

碧昆兄重游北美诗词读后

一

国爱亲情溢笔端，小球翻转认真看。
取彼之长补我短，自强不息创新天。

二

诗情透纸热双眼，喜看黄颜骋彼园。
智慧原是勤中得，中华儿女可登巅。

（2000 年 4 月下旬）

读边恭甫兄咏牛有感

两种关联两样泥,一招心敬一鼻嗤。
足蹬泥土勤耕好,身陷污泥臭周圻。

(2000 年 4 月下旬)

和恭甫兄暮春偶成

自庆离休得自如，临窗随意乱翻书。
春风惠我身心暖，秀色宜人眉眼舒。
国运方欣副众望，诗坛不用仰陶朱。
超然脱俗钦大雅，难入无为愧一愚。

（2000 年 4 月下旬）

读萧克瑾兄文集《东山草》感赋

过去粗识君，如今知底细：
加乘为人民，减除待自己①；
人民真代表，心责如山立②；
做人重大公，奉献求无极；
大仁大爱观，铭刻脊梁里。
东山③常在望，伟岸入星际；
龙城多绿种，撒播弥天地。

（写于2000年5月5日）

---

① 《东山草》正文第一页印有克瑾兄表达自己心志的题词："人民要我用加法，生命对我用减法，我只得对时间用乘法，对生活用除法。"

② 克瑾兄连任三届武昌区人民代表，心中责任重如山，真正为人民群众说话，尽心尽力。

③ 他的故乡是湘乡市，又名龙城，市东有一座山，叫东台山，毛泽东同志早年求学的东山学堂就在山下。

恭读赵朴初先生遗嘱

朴初先生毕生爱国爱民,无私奉献。他在遗嘱里写下融哲理与诗情于一体、彻悟人天、乐观世界的光辉语句:“生固欣然,死亦无憾。花落还开,水流不断。我兮何有,谁欤安息。明月清风,不劳寻觅。”读后大为感动,对其广阔精深的内涵揣摩甚久,得诗一首,试为诠释,并寄衷情。

能做奉献,又逢盛世,生命价值得实现,“生固欣然”
后继贤才辈出,祖国日益兴旺,“死亦无憾”
“花落还开”,宇宙生命永远
“水流不断”,物质运动长酣
“我兮何有”,一切留下,纯净归天
“谁欤安息”,完全放心,彻底休闲
“明月清风”,可表襟怀素愿
“不劳寻觅”,望大家不寻已故,珍惜时间,努力创新。

(2000 年 7 月)

李大姐景明同志八十寿庆[①]

少小离川上延安，而今伏枥志犹酣。
从医编史司宁卫，培幼育青率老憨。
赤胆常悬千载业，爱心倾注万家寒。
八十康健如十八，新纪期迎百寿山。

（写于2000年8月）

---

① 李大姐为革命工作六十余年，先后从事部队和学校医务工作、新四军五师战史编务工作、高校保卫工作，抚养子女成人，护育青年成才，离休后又首任原财经学院离休干部党组织领导职务，为我校老年事业的开创奠基做出了积极贡献。

咏桂绝句

一

开窗晨瞰绿愉目，扑鼻清馨快我心。
花簇缘何藏茂叶？情钟实效避虚名。

二

每晚归来一路香，高低灯照绿两行。
感君积蓄全年力，贡献芬芳助寿康。

三

小花成簇香浓郁，不着艳装胜艳装，
凝力合心功大显，人群受惠赞声扬。

（写于 2000 年 9 月中旬黄鹤山庄）

马鞍山欢聚吟

漫不经心年七十，笑谈今日马成龙[1]。
真情自忖堪当马，无意奢求学作龙。
但愿不遗身后骂，只祈能有闪光功。
孜孜前迈献余热，终盼普天归大同。

① 依中国传统观念，用12种动物标示年份，我出生那年为马年，因此说我属马；如按今年讲我的出生日，由于今年是龙年，就可玩笑说我成龙了。这首诗写于2000年10月妹夫、妹妹为庆祝我七十岁生日特设的欢宴上。

谢一山八仙[1]

日夜兼程急着鞭，八仙专会又八仙。
雨中相见情盈溢，灯下联屏谊厚绵。
原借旅游消寿庆，何期阖府设欢筵。
愧当妹婿长言赞，应作新勤补宿愆。

① 我们一行八人，戏称为八仙；妹婿一家包括妹妹、两子、两媳、两孙也是八人，戏称为又一队八仙。诗成于2000年10月3日深夜。

雨访谪仙并庆国际吟诗节

偕雨驱车访谪仙，翠螺出浴喜趋前。
诗旗高举众星集①，草圣归依一席眠②。
炉火紫烟③今胜昔，人才科技后居先。
为酬捉月筹登月④，旧貌新颜看大千。

---

① 马鞍山市翠螺山举行国际吟诗节盛况。

② 现代中国书画家林散之草书杰出，人们尊称为草圣，祖籍安徽和县，长期在江苏工作，生前有归伴太白之想。

③ 李白《秋浦歌》："炉山照天地，红星乱紫烟。"就是描写秋浦（今贵池）一带冶炼工业情景。

④ 传说李白醉中乘船捉月，失足落水。

马鞍山市景晨赏

弟妹晨偕赏市容，道宽绿阔畅晴空。
高天蓝湛喜无垢，林路芳馨赞巧工。
佳雨翠花山势美[1]，平湖广场气姿雄。
市魂何处君知否？应在人天和合中。

---

① 佳、雨、翠（螺）、花，皆山名。

宁聚抒怀[1]

远朋兹聚宁,为释相思结。今昔万般情,倾诉如河决。人老殊珍少小事,犹记辛冲同学,友谊伴山泉,汩汩流不歇。生程各异大运同,经风过浪,而今安贴。病弱望健康,健康望珍摄。前途但愿俱坦平,兰荷桂梅绘行色。

① 10月8日,欧阳恺兄、李晴和我(偕仲文)访初中同学吴青于其南京家中。

浪淘沙·答恺兄

无处不情浓,步履匆匆。如犹少小似非翁。一路倾心谈往事,回味无穷。万事贵开通,善与人同。但求国运渐兴隆,身健家和常自在,一切从容。

(2000 年 10 月 22 日晚)

韶山冲缅怀

心仪五十载，今始进山冲。
平野围丛岭，清风荡碧空。
广场舒气浩，伟像看球东。
赤胆驱群鬼，雄才起蛰龙。
爱民时落泪，疾恶每张弓。
得失难先算，是非任后讧。
高峰已屹立，迎得八方风。

（写于2000年10月中旬）

赠佩兰

一

欣闻不觉老，从识内心青。
劝君争身健，携伴练步行。
腿脚常抬搁，手指多屈伸。
山湖皆悦目，翠绿总怡情；
天朗缀云彩，气清溢园林；
街路宽平净，宅居静适明；
此地宜休养，祝安祈福村。

二

往事只需记可珍，烦愁一概付烟尘。
达观人世胸开阔，夕照轻吟漫漫情。

（2000 年 11 月 6 日）

临雪默赏绿色植被

任尔发疯狂,看伊挺脊梁。
保全生命力,鼓舞众儿郎。

(写于 2000 年 12 月 12 日)

痛悼醒亚兄夫人长华姐遽逝

回首举杯共祝时，兄同大姐乐滋滋。
历经风浪庆安泰，珍爱人生喜故知。
曾约双星来短聚，何期一柬报长辞。
寒风冷雨敲窗急，怎得心安释远思！

（2001年2月6日下午）

欢迎新退休朋友

春日迎新友,相亲紧握手。下岗即上岗[①],三爱[②]不落后。晚霞铺天人过亿,身心贴靠我神州。时空大自由,祝君走好新征途。

(2001 年 3 月)

---

① 下岗即上岗:下现职之岗;上休养之岗和其他自我选择之岗。

② 三爱:爱国,爱党,爱校。

清平乐·颂党八十华诞

开天辟地,赤旗神州立。八十刚跨新世纪,远大雄图喜起。　山苍水碧天清,人民亿万同声:祝党保持先进,乘风破浪前行。

共产党人当若何

——思园悟歌十首

在中国共产党成立八十周年、陈毅同志一百周年诞辰即将先后来临之际，我心中萦怀着一个广大群众关心的问题是："共产党人当若何？"一日入思园，立于陈毅雄伟塑像之前仰望丰采，复坐于青松诗碑之侧，凝神追忆诗人元帅的生平事业与思想品格，顿悟陈毅同志已以身立范，为我们做出了完满回答。乃作长歌以诵。

一

共产党人当若何？思园瞻仰赋长歌。
青松高洁挺而直，正气豪情漫山河。

二

一从决定投身党，奋勇前驱笔与戈。
百折不挠梅岭志①，心花血彩壮山河。

三

严于责己言行一，真理是从秉赤诚。
决议古田明路线，拥贤让位见公心②。

四

“学生”“公仆”常铭记，依靠工农广接群。
“坦荡”“开诚”赢大信，逢凶化吉创奇勋。

---

① 1936年冬，红军游击地区粤赣边梅岭被敌军围困，陈毅同志负伤抱病难以行动，伏丛莽间二十余日，虑不得脱，留绝笔诗三章，表达舍生取义之心，气壮山河。

② 1929年6月下旬，当时担任红四军前委书记的毛泽东同志为纠正军内错误思想召开了红四军党的第七次代表大会。由于意见分歧，多数同志未接受毛泽东同志正确主张，前委改组，陈毅被选为前委书记，毛泽东同志离开了红四军主要领导岗位。鉴于后来工作中出现的新问题，陈毅在向中央汇报时全面分析了红四军情况，经与中央反复研究，对毛泽东同志作了一致肯定，并代中央起草了指示信，明确提出：毛泽东同志“应仍为前委书记”。陈毅同志从中央所在地上海回红四军后，积极贯彻中央指示，并真诚检讨自己过去调和折中的错误倾向，做了大量思想工作和组织工作，促使著名的古田会议（即红四军党的第九次代表大会）胜利召开，支持毛泽东同志重新当选前委书记、主持前委工作。

五

勤攻马列广学文，素养攀高为远程。
重教尊知为国脉，鞠躬脱帽抒至诚[①]。

六

全球放眼看风云，人类前途总系心。
广结友朋孤霸反，外交大事费权衡。

七

坚持原则敢迎争，奋护崇高不顾身。
怒斥林江维法纪，关怀青少话殷殷[②]。

---

① 1962 年 3 月，陈毅在广州召开的全国科学家座谈会和全国戏剧创作座谈会上讲话，批评在知识分子工作上的“左”倾错误，并当场向在座的知识分子脱帽鞠躬道歉。

② “文革”中，陈毅同志坚持原则斗争，奋不顾身多次怒斥违背法纪的极“左”行动，特别怒斥林、江一伙，同时多次在群众大会殷切告诫青少年保持冷静，分清是非。

八

时常互励“不忘本”，晚节自珍“手莫伸”。
教子重才“尤重德”，永铭“一切为人民”[①]。

九

革命人生日日新，常从实践探精神。
著文皆为党军国，页页诗章赤子心。

十

长歌至此感思多，拜谢元勋立楷模。
切盼认真传火炬，愿公后代不蹉跎。

---

① 陈毅同志一贯严格要求自己，在总结一些人因争权位而终于身败名裂的教训后，曾写诗《手莫伸》以为戒，对子女严格要求。

赠黔南州同志们

我校人文学院接受黔南州委托，专为选送来的一批同志举办硕士学位进修班。我受约担任领导学课，得知情况后，颇有感触，课堂上赠诗二首。

一

贫困地区出重金，为培优秀接班人。
全心引领广民众，振翅腾飞摘福星。

二

酷暑坚持奋学文，此心牢记党深情。
提高素质不容缓，鼓角声声催远征。

（2001 年 7 月 9 日）

晨兴获喜讯立赋[①]

一

喜讯来梅城,合肥添一星。
海舒摘爱果,川皖俱欢腾。

二

高热连天驻,佳音送雨凉。
鹤山全家特兴奋,想飞合肥抱婴郎。

---

① 2001年7月31日早晨7时许,我刚起床,作弟从梅城打来电话,告知7月27日小外孙在合肥降生。大雨随喜讯而来,武汉持续两旬的高气温迅即转凉,人、天、心、身一同欢悦。立草古体诗以志其事,以述其情,并于上午邮寄合肥蔚舒。

和杨俊文兄《退休偶感》

一样灌园春复秋，培桃壅李忘白头。
岂因解甲荒时日，自在耕耘乐不休。

（2001年8月）

李萍诗挽

2001年8月31日、9月1日，先后接到别明业同志从上海打来关于李萍同志病危以至病逝的电话，仲文和我为此震惊悲痛。我长夜不能成寐，吟成四言诗一首，作为唁电于次日发出。

初闻病危，天正阴沉；
如闻惊雷，忧惧殷深；
犹存希望，挽救精英。
忽传噩耗，悲痛万分。
君失爱侣，子失慈母，
家失至亲，校失良傅，
我失至交，世失公仆。
此失无补，同声恸哭。
天命难违，逝者如斯。
为家为国，续愿承志。
节哀保重，可慰灵思。
遥祭天际，千里心驰。

桂生七十寿庆志喜[①]

一

爱国门第传人，忠诚教育园丁，
慈孝家风旗手，跨纪从心寿星。

二

双节共庆华诞，众星捧月游园，
颂歌满堂欢庆，龙王飞彩江天。

① 仲文的老同学蓝毓澄（名桂生）的儿女们于2001年国庆节（恰逢中秋节）为桂生举行隆重寿庆，约请她的老同学老朋友到会并同游修整后的中山公园和新建的龙王庙滨江长廊，情景十分热闹。

秋日坐悟

阵阵清香扑鼻来,漫天浓绿净灵台。
人间世外全无界,悟透生生万域开。

(2001 年 10 月 14 日)

读吴青兄《古稀吟》次韵[1]

一

相爱浑忘累，共生不辞难。
人间情最美，风雨越雄关。

二

胸怀高洁缘由爱，无限亲情灿夕辉。
眼受心承不须说，晴阴夙夜感君陪。

（2001 年 10 月 15 日晨）

① 吴青兄爱妻长病并失语，得兄深情照护。

和恺兄游天柱山诗

登山喜雨住，预约得天酬。
新浴景添彩，凌空众漫游。
顶峰夸峻伟，深谷赏清幽。
探胜娱心目，时光莫任流。

（2001 年 10 月 15 日晚）

美国“9·11”事件后感

万恶皆由私欲起，个人群体概云云。
霸权恐怖成连锁，罪恶纷争怎廓清？

（2001年11月2日）

山居自赏

前麓林遮屋,后山树入天。
两台堆秀丽,八牖纳清鲜。
环顾情舒畅,漫行意适安。
此方真乐土,居处可延年。

(2001 年 11 月 18 日)

校 事 吟

2002年1月17日，武汉普降大雪。前两日，我在首义校区大礼堂参加学校党代会，可谓盛况空前。距前次在这里召开的中南财经大学党代会倏忽竟达十三年之久，一年前中南财大已与中南政法学院合一，更名为中南财经政法大学。原两校同出于中共中央中原局开创的中原大学这一母体，从母体的创始计，经过几度分合变迁，绵延至今已是五十四度新春。我学习于中原大学，又在该校及其后续子体学校中工作，历时亦五十四度新春矣。心潮涌动，得五律一首以志。

雪闹盘龙城①，中原五四春。
元勋早逝去，事业长留存。
治乱曾频仍，合分已几轮。
十三年一会，喜看校更新。

① 龙城指武汉。

寄上海诸同窗挚友

早起读王勃诗《送杜少府之任蜀州》，引起对上海诸同窗挚友的思念，乃用王勃诗原韵，保留“海内存知己，天涯若比邻”一句，草五律一首，以抒所感。

我处长江心，君居大海滨。
曾同复旦学，长做大公人①。
海内存知己，天涯若比邻。
神会如身聚，情融若入门。

（2002年1月26日）

---

① 马克思主义是以实现共产主义之大公为归宿目标的科学，我以为信仰马克思主义者即可称之为大公人。

心　潮

市场风来摇意念，陋居潮起看风云。
爱民才是真贤士，惠世方为大杰人。

（2002 年 1 月 26 日）

看山色拾感

愈寒愈绿最堪敬，即冷即黄特可哀。
何以同山呈两态，当因素质异由来。

（2002 年 1 月 26 日）

两代三亲寿诞同庆[1]

两代三亲同日生,文梅耳顺又从心。
全诚效母凌寒立,惠布全家喜暖春。
九七慈母笑看同日生双媳寿届从心耳顺
众多子孙共祝新春始三亲诞辰畅叙衷情

① 2002年2月16日,是梅芬妹60岁生日、仲文70岁生日,又是我母亲97岁诞辰。我们全家特意在这天安排了一个别开生面的庆祝活动。我在会上献诗一首,还写了一副对联。

戏赠淑兰[①]

单身好,单身好,单身是个宝
单身的挂碍少,单身的自由度高
任你广交朋友,无人猜忌干扰
任你到处游乐,不会受到阻挠
只要自重自爱、考虑周到
幸福的门券就在手中操
单身好,单身好,张小妹的单身格外俏
居室宽敞、明净、结构妙
设备齐全、精巧,听视歌舞随便挑
或独自享乐,或聚友欢闹
一切由己做主,真个自在逍遥
这才是神仙日子,定能够长生不老。

(2002 年 3 月 20 日)

---

① 仲文同学张淑兰丧夫多年乐于独身生活,时已七十高龄,为人洒脱,谈笑间戏赠此诗。

庆祝刘叔鹤教授九十寿诞述感

一

校园春暖拜星来，目接慈光怀顿开。
回顾往程多胜景，综观成就大贤才。
中西荟萃驰学海，史论兼长耀讲台。
聚珍育才赢众爱，连珠妙语乐群怀。
盟心坚毅党心挚①，梅样清芬莲样白。
阵阵颂声欢四座，高龄浑若返童孩。

二

先生娓娓讲学莲，不染污泥保洁廉。
必得中通方外直，严防嗜黑变风瘫。

① 刘教授从1953年起加入民革，成为共产党的坚定盟友；1998年加入共产党，成为优秀党员。

三

先生娓娓讲学梅，迎雪报春启万扉。
信念攸关人世路，为师职在拨心帷。

（2002 年 4 月 12 日）

骨　里　红

近日看中央电视台谈梅节目，其中介绍无锡有一种名“骨里红”的梅花珍品，不仅花是红的，而且枝条皮内骨质也是红的。周总理在无锡游园时验看过，赞叹说：“它代表了我中华民族的性格啊！”听后，不禁感慨系之，得诗一首：

开放风光漫国中，多元竞搏热烘烘。
我民族性必长灿，请看梅园“骨里红”。

（2002 年 4 月 18 日）

怀 绍 甫

在那驱赶寒冬、迎接新春的东风里
含有您一口口吹出的暖气
在那生机勃发、活力充盈的田园里
有过您一串串挥洒的汗滴
您曾为革命传播声息，又曾为同志牵线搭桥、指引前进基地
无法忘记——
那促膝论道，交心交底
那结队赴命、穿越封锁线、一同投入“脱胎换骨”的学习
无法忘记——
那无条件服从组织分配，我们各奔东西
怎料到啊——
狂风叠起，暴雨密集，您竟蒙受冤屈、遭“唾弃”……
幸公道毕竟留存，终于拨乱反正
还您安身立命一席
从此——
得以重新走笔，得以随兴遨游，得以自由思索天人际

——无奈啊，偏偏病魔突袭
您曾努力抗击
怎奈体虚医困、终未取胜
您悄悄远离
可欣慰——生命有续，事业有继
我们毕生的理想追求，正由一批批后来人接力，必能登峰造极

（2002 年 4 月 23 日）

调笑令·和欧阳恺兄

长记，长记，七邑[1]同窗兄弟。慕贤学圣思齐，

垂老，重逢喜僖。僖喜，僖喜，意挚情深如昔。

（2002 年 6 月）

① 抗日期间设在太湖县乡间的安庆七邑联立中学。

席上赠好友志学兄[1]

淡淡一杯酒,难酬鼎助情。
人生崇实值,尘世爱清馨。
喜望高峰立,欣逢大地宁。
祝君常健好,黄鹄盼频临。

(2002 年 9 月)

① 梁志学兄,中国社会科学院研究员,我的老朋友。他在德国古典哲学的研究与翻译方面贡献突出,立于我国学术群峰之中;为人率真,给人以清新感。他和夫人沈真研究员对我校哲学硕士点的创建与教学研究工作给予了鼎力的支持。最近又来为我校哲学伦理学研究生系统讲授黑格尔逻辑学,并为本科生做了关于费希特自由观的学术报告,深受大家欢赞。临别赠小诗,以抒微忱。

赠海滨

2002年9月底,李海滨同志将去厦门负责国家会计学院建校工作,写诗数行以为赠。

青春岁月哲门行,转轨跨行仍学人。
海浪江风锻骨硬,事功业绩赖心诚。
方圆兼取铭右座,纵横交往有南针。
美楼黄鹤望常返,且领长鲸沐白云。

读报偶感

黑富属阴恶,心安是大安;
此身常保洁,赢得毕生欢。

(2002 年 9 月末)

喜听政治系 77 年级同学毕业二十年大聚谈

从一个个四十年龄段人站起的身形上
从一阵阵底气充足、沉稳干练的话语里
我感受到浓郁的青春气息——
政治青春的挺直，学术青春的充实，事业青春的灿丽
我领略到多向度的深挚情谊——
同学与学校间、同学与老师间、同学相互间散发的情谊
因久远分隔而使相聚变得更加亲热、更加和谐、更加宽宏、
更加深沉的情谊；
我谛听到浩大的改革发展波浪——
在工业、农业、商业、银行、学校、党政机关各个平台呼啸激荡
奔腾于整个祖国广阔大地。
一种强烈的祝愿从我的心底升起：
让青春常在，情谊长存，发展无极！
记住“七七”——
20 世纪后期中国高校的一个年级
成为一个特别鲜亮的重要历史标志
它标志着生发一种时代精神——

实事求是、拨乱反正、改革发展的精神
一面神采奕奕、引导中国前进的精神大旗！
它标志着开启一种战略思路——
科教兴国、尊重知识、尊重人才的思路
一种光彩熠熠、催促中国前进的思想动力！
记住“七七”——
发扬“七七”精神
伸展“七七”思路
再过十年、二十年、三十年、四十年重新团聚
那将是——
智慧硕果箱篓层层叠叠直逼云霄
母校学子队列环绕全球南北东西
祖国现代文明登上更新更美境界
地球村人一齐向中华儿女拱手敬礼
那时，七七年级兄弟姐妹们
该是怎样风貌，怎样心气?!

（2002 年 10 月 1 日深夜在黄鹤山庄宿舍整理会上发言成稿）

游汉口江滩

开阔，辉煌，舒畅！江滩气派非凡！
铺天彩鹞豪情壮，盖地繁茵[1]生趣漫；
两岸楼房高耸,万里江流浩荡。
往日防洪堤坝,如今锦绣公园。

（2002年10月初）

① 这里指如茵褥子那样的绿草。

九马想望

身体日衰属自然，精神振奋掌生权。
锻炼合规收大效，必能创寿百十年。
今日生辰满六马，健康状况起心欢。
九马驰驱成目的，正常条件可夺关。

（2002 年 11 月 5 日）

思念张晶大姐

不停息的思念
悄悄在我俩心田流动
趁着迎接吉祥的羊年
将它化作几行丑小鸭子字句,托邮送到您面前
也许会博您粲然一笑
也许会促动您浮想联翩

曾记梧州结识,常在府上聚谈
一盘盘香喷喷的饺子,包裹了你们的真挚友情
也捎带包裹了我俩的姻缘①
湖北宜城这方古朴而又现代化的文明热土
养育出了您这位质朴而自强不息的热诚女贤
您钟情硬笔书法艺术,摘取了书坛桂冠

---

① 那时张晶在机关工作,她爱人赵凯是广西梧州市党委书记。两位都很关心我和仲文。

珍贵的自强价值得到展现
您活力高扬、情感奔放、事业鲜艳
这足以说明——
人文生命的青春没有年龄的局限
我们老年人完全可能开辟各自适宜的活动空间
放射各具特色的美好光焰

（与仲文同草于2003羊年到来之际）

歌　声　颂

歌声欢腾夕阳,歌声留住春光
歌声激起笑声朗朗,歌声捅开闷腑愁肠
歌声参创生活高质量,歌声强化社会文明脊梁
让歌声由小众扩向大众
让歌声飞扬九天,漫游大地,传播四面八方

(2003 年 3 月某天观赏老协歌咏队排练时默吟)

谒 思 园

最是春光好，满园绿拥红。
青松诗教永，代代拜陈公。

（2003年4月2日）

格非同志赴黄冈新任赋长律以赠

两兼专业均居上，五换工岗总创新。
尚义重情通事理，热诚活跃多趣声。
同工同旅留珍忆，放眼放心看新程。
法德兼施民是主，言行一致事尚勤。
倾诚务实造真福，大众欢心慰此生。

（2003 年 6 月 21 日）

财政系51级同学毕业五十年欢聚抒怀

财政系首届(中原大学时期)部分同学近几年来连续多次来母校聚会,表现了对母校、对老师和同学的真挚情意。愈聚愈觉亲,愈亲愈思聚。兹值毕业五十周年又一次欢聚,吟诗几首助兴。

首开财系忆当年,革命豪情漫校园。
朝夕切磋凝厚谊,岁亘半百特欣欢。
分配全然一块砖[①],已知天命忆当年。
难忘这片丰材地,总盼偕归话苦甘。
早年星唱《东方红》,今日人舟巡太空。
合得才财旗必举,未来当可遂初衷[②]。
如此相亲岂偶然,同经风雨志同坚。
同忧同喜国家事,彼此关怀结后缘。

(2003年10月)

---

① 当年流行一句话:革命战士好比一块砖,哪里需要就往哪里搬。
② 初衷指共产主义理想。

敬谢碧昆兄惠赐墨宝

老干处转来碧昆兄条幅一封，展视之，乃吾兄以雅劲笔致手书拙诗《骨里红》惠赠，至为感动。如何致谢，困思久之，得五言八句，略抒心意。

为有龙飞笔，拙诗添彩神。
梅珍红透骨，德重忠于民。
墨宝凝仁义，书功显笃诚。
深情沁肺腑，共信合心声。

（2003 年 12 月 3 日）

关爱和期待[1]

——给1979级政治经济学专业同学们

1983年夏季,你们走向五湖四海,一个个是青春焕发的英才
20年后的今天,你们从五湖四海相约归来
一个个拥有新的各具特色的名分
一个个显现出干练风姿、实力气派
母校新建擎天大楼明亮厅堂欢拥着大家
此起彼伏扣人心弦的热情声浪
倾诉着诚挚的关爱和更新的期待

母校记住你们的赤子之爱：
你们用自己的工作业绩、学术成就、思想修养
向各方各界展示母校的光彩
母校记住你们热情的期待：
你们依据自己对社会需求优秀人才、创新学术的
深切感受

---

① 写于我校政治经济学专业1979年级同学毕业20周年回母校团聚大会之后。

瞩望母校进一步开拓和提升教学科研平台
你们也一定会记住母校长久的关爱：
母校从来就关注你们的全面健康生态
一直关注你们在各地方、各部门展现的德才风采
你们也一定会记住母校的殷切期待：
期望你们再接再厉，继续奋斗，
为我中华民族的腾飞破关夺隘，走在先进队列前排
让我们大家共同铭记历史昭示的伟大关爱：
从国富论到共富论的宽阔经济心怀
从人权宣言到人民民主专政理论的光辉政治胸怀
从为人民服务宗旨到新型民主范式的至善政态
让我们共同铭记历史发展的崇高期待：
我国由发展中的大国上升到
现代化的社会主义的繁荣富强大国
全世界由阶级对立的社会迈向
人人自由发展的共产主义的大同世界

（2003 年 12 月 13 日学）

春节祝福

2004年1月23日，宋、郝两亲家全员欢聚。

一元复始送春来，三代合家大畅怀。
共庆羊年增福祉，更期猴岁百花开。

团聚与话别

今天——21 世纪第一个猴岁元宵节
我们在这里——
名扬古今中外的黄鹤楼附近、
黄鹄山庄老 4 号楼西门顶层东侧内厅
面对正被春风吹绿的山林，
满怀春回大地的喜悦
为这新世纪首届猴岁首次月圆亲人团聚欢庆
为三位亲人即将远渡重洋饯行

我想象你们将是这样出行——
长江和汉水合流的家乡水
洗净你们清理行装时留在身上的灰尘
也洗净你们因惜别而生的愁云
荆楚故土的温馨而又昂奋之气、和煦而又刚劲之风
把你们托上高空旅程
祖国的明丽阳光呵护着你们绕地球半圈，
一直送到与我们抵足而立的友邻

我想象你们到达目的地时的情景——
朋友们将在机场热情欢迎
还有许多炎黄宗亲、“移”字同仁、土生居民
投来亲善友好的眼神
凭借一双双友谊之手，你们将很快得到安顿

那里，当然不是堆满金银财宝的聚宝盆，任大家拿
只不过是很大的辽阔地带，名叫加拿大
需要很多志愿者继续耕耘开发
过去，那里人民曾经派出他们的好儿子白求恩
不远万里来到中国、支持我们抗击侵略者日本
为我们的军队和人民疗伤治病
今天，我们也应派出雷锋式好儿女去支持那里的事业
去积极参与那里各项建设工程

可以想象得出——
你们将会碰到种种困难艰辛
也有可能出现某些曲折和险境
但愿你们发扬当年唐僧西天取经的精神——
像唐僧那样坚定不移、坚持前进
像孙大圣那样有勇气奋斗、有信心取胜
真正做到“一路豪歌”“踏平坎坷”
就一定能登上光辉峰顶

（2004年2月5日）

思　雪

去年一年直至今日武汉破例无雪。天气预报每报有雪,即欣然迎候,如此反复多次,终不得见。十分思念漫天大雪景况,得诗数句以志之。

普天一体同凉热,漫地全然洁白身。
冻死苍蝇驱虎豹,高高矗立亮净人。

(2004年2月6日写于傍山楼)

思　友

春风惠我，艳阳暖心。大自然正播新除腐，扩绿驱黄。感岁月之不居，往事之难忘，怀念远方同窗好友，伫立栏旁，一任神驰。

缘何往事涌心田？友谊是歌声正酣。
特别难忘倾肺腑，同甘共苦肩并肩。
别离何易聚何难？风过山林水过滩。
所幸心怀昭日月，交融光热亦欣然。

（2004年2月11日）

附挚友和诗于下：

和侠君《思友》

吴清

故人情谊溢新篇，激荡春潮醉管弦。
岂是时空能阻隔，紫金黄鹄一江连。
天涯今已比邻然，声讯灵通聚首难。

碌碌愧疏勤问候，但从心底祝平安！

（2004年2月20日）

怀念友人

许福闳　董孟华

忆昔同窗少年郎，倏忽已是鬓染霜。
相逢竟然不相识[①]，岁月留痕徒感伤。
所幸激情今犹在，一方净土留心间。
赤诚相见亦如故，彻夜恳谈似当年[②]。
友情绵绵长流水，永伴日月与蓝天。

① 20世纪80年代初，孟华进京开会，时隔二十余年，初晤侠君，竟未认出。

② 20世纪50年代，在复旦校园内，侠君与福闳曾彻夜谈心。21世纪初在沪，侠君、孟华、福闳又一次恳谈至深夜。

正本同志远去吟

正直忠厚做人，本旨遵章编文。
高兴民安国泰，风清月朗阳新。
一生献身学报，致力新美善真。
重病两载远去，誉声荡过霄云。

（2004 年 3 月）

观　　蚕

在家帮孙儿摘桑叶养蚕,仔细观察了从幼虫吃桑叶逐渐成长,到停止进食转而全心致力吐丝造茧,至成蛾产卵的全过程,颇得乐趣,更为蚕的奉献精神深深感动,得诗三首,以志其情。

一

进食何其简,每天几叶桑。
三旬即壮大,停食转工忙。

二

吐丝频上下,回环布四方。
织成素锦果,全部献公方。

三

自缚非心愿，忘我献衷肠。
成蛾破茧出，又为后继忙。

（2004 年 4 月 23 日）

陕西行杂咏

西安观胜景

古代文明大景观，一新装饰起群欢。
秦陵雄伟环球首，唐浴[1]豪华历史先。
融合天人园建美，兼精手脑塑雕妍。
事功内外均臻盛，继往开来赖后贤。

① 秦陵指秦始皇陵；唐浴指唐玄宗杨贵妃用温泉沐浴的华清池。

二陵驰思

汉唐古盛世，陵墓是标杆。
茂陵大气派，乾陵更壮观[1]。
帝王追极乐，阴阳欲万全。
驾崩只一人，殉葬达百千。
皇家占有尽，百姓概无缘。
如今作景点，大众可盘桓。

黄陵兴感

天下子孙来拜祖，轩辕一脉颂无涯。
桥山[2]绿盖千年柏，沮水[3]清呈万朵霞。
发展先开绿福路，文明始创大中华。
巨龙跃起长空舞，雨露纷扬遍地花。

---

① 茂陵为汉武帝陵墓，在陕西兴平市茂乡，是汉代帝王墓中最大的一座。乾陵在西安西北乾县境内，是唐高宗武则天夫妻合葬陵墓。

② 桥山为黄陵即轩辕黄帝陵所在之山。

③ 沮水为环抱黄陵的河水。

壶口看瀑

黄河阔水倾壶口，瀑布飞奔起浪烟。
骤雨逼人匆促别，车窗返眺情牵牵。

索源梦圆

奔驰万里到延安，求索当年决胜源。
窑洞最先明亮处，运筹帷幄制鸿篇①。

又一首

不到延安心不安②，安眠一夜游半天。
五十七载延安梦，圆得匆匆意未酣。

（2004 年 5 月初）

---

① 毛泽东所住窑洞，因位置关系，每天最早得到阳光照射；当时党中央其他主要领导人所住窑洞以及会议室都很靠近。抗日战争和解放战争的许多重大决策和毛泽东的《论持久战》《论联合政府》等鸿篇巨制均出自这里。

② 投身革命事业一辈子，若是不到延安看看，我总觉此心难安；这天车离壶口时已是下午六点多钟，天正在下雨，路多曲折不平，司机又不熟悉路线，晚间行驶五个多小时，未抵延安之前，我为一行二十多人的安全深感不安。

财政系51级校友欢聚并为高寿者庆[①]

晚霞聚彩画春秋，老骥年年有善猷。
只信红旗亲大众，心倾后代数风流。
人愿天从罢雨潮，风和日丽喜今朝。
校园览胜欢群聚，话旧谈新庆寿高。

（2004年5月12日）

① 财政系51级同学欢聚，会上安排庆祝若龙兄80大寿、十几位同志75以上寿礼仪。

心底里的歌

——怀念靳彦俊同志①

常在刀丛摆渡船，敢从虎口割牙盘。
奇功险绩原当奖，忽起歪风事倒颠。
身蒙引渡眼无缘，劫后相逢岂偶然。
善目慈眉谦长者，清风拂面起心欢。
自由生活何其短？天不寿仁痛不堪。
高德无私登圣境，精神若炬照江天。

---

① 靳彦俊同志，1925年出生，河南驻马店镇人，1947年加入中国共产党。他在担任中学教师期间开始做党的秘密工作，担任过一段时间的人民政府区长，其后即调中原局组织部工作，被派往华中地区秘密进行革命引导工作。我就是通过他，于1948年夏开始参与革命活动，并于年底结伴投奔当时的河南解放区，进入中原大学的。不料彦俊同志竟在新中国成立后被打成右派，后又被误定为反革命分子。1979年获得平反，他被调到河南粮厅担任卫生所所长、中医师，直至1996年9月因病不治离世。彦俊同志是我人生道路上的领路人和光辉榜样，谨撰诗纪念。

感　时

人本人权大论张，入纲入宪理应当。
只缘悲剧兴明智，党和人民福祉长。

（2004 年 5 月 16 日）

读碧昆兄旅美诗词有感

近日《湖北高校老年通讯》载我校教授蒋碧昆兄旅美诗词一组，有感触，读后步其中《感恩节域外示儿女》原韵以和。

正气盈诗稿，灿然亮大公。
何须追极乐，意畅得春风。

（2004 年 5 月 22 日写于黄鹤山庄）

寄宋榕古诗两首

一

面对艰难志破难，壮怀太白诗篇在。
“长风破浪会有时，直挂云帆济沧海”。

二

辩证思维望学毛，辉煌两论开心路。
冷观矛盾思解方，实践前头除险阻。

（2004 年 6 至 7 月）

李梅四十生日赠诗

儿能不惑在今兹？异国真情待探知。
老俩不能贴近助，且凭浩网抒心思。
延井两游感触深[①],艰辛奋斗赖精神。
如何到处全无惑？探求规律不休停。
何方福地纯天生？血汗滔滔合土成。
全世人民共命运，中华儿女献精诚。

① 延井两游,2004 年 5 月和 7 月,我们先后游延安、井冈山两地,深为其历史人文内涵所感动。

一山弟七十寿祝词

皖潜山水赋灵秀,马列真经导路程。
从政从军从教育,乐天乐业乐生平。
文章品格学毛鲁[①],书法风姿合草行[②]。
七十年高心仍壮,提携后代摘金星。

(2004 年 8 月 13 日)

① 毛鲁:毛泽东、鲁迅。
② 草行:草书、行书。

远　思

中秋夜，圆月如明镜悬天，清辉四溢，思念远在各方的朋友。苏轼名词“但愿人长久，千里共婵娟”涌上胸怀，亟欲聚而无缘，吟得五律一首，印出分寄诸友，以自遣耳。

今宵思远友，情绕月清辉。
天镜能周照，人颜可互窥？
月圆能计见，朋聚难先揆。
缘分如何定，天人取决谁？

（2004 年 9 月 28 日吟于黄鹤楼东南侧月下）

丛竹心语

窗外山麓一片细竹抖落枯萝而出,喜闻其心声以录。

长期萝网压竿头,力聚生机不懈疏。
萝网畏寒枯落去,机奋生长展新筹。

(2004 年 12 月 7 日黄鹄山庄老 4 号楼西门居室)

好！

刚庆祝大宝女出生满十五周岁、畅心欢笑，
紧跟着又忙迎接小宝子降生、又是一番热闹，
现在，梅榕你俩在共同创造生命史上完满地写下了
灿然耀眼的一个大字——
“好！”

你俩该是多么自豪！
身边的女儿早已显示优秀，如今添的小男子又显得矫健
实在是人世间谐美的生命创造
当然，这项创造工程的圆满完成
还需要带领姐弟俩在成长过程中自强不息、步步登高。

（2004 年 12 月 7 日夜于黄鹄山庄）

雪　奔

老翁老奶雪中奔,赶去学堂接爱孙。
衣袋热藏双卤蛋,给孙补养暖孙身。

(2004 年 12 月 22 日)

新年述感（五绝二首）

一

人上十三亿，国欣发展中。
众心倾大业，计日可腾龙。

二

续创新纲领，为民是所宗。
强能催发展，胜景惠球东。

（2005年元旦草，29日改定）

纪念母亲诞辰一百周年

我大姐于今年2月11日去世，临终别无他语，只是连声呼唤“妈妈！妈妈”。可以说是表达了天下一切葆有赤诚孝心的儿女们的一种永生不移的最纯洁感情，更是代表了我们姐妹兄弟对母亲的一种极其执着的任何力量都不能切割的怀念之情。正当我母诞辰一百周年即将到来之际，姐姐这种纯情的呼唤，深深触动了我的心弦。数日来，我一直沉浸在思念大姐、同时深深思念母亲的意境之中，逐渐凝成几行诗句。

孕育儿身系儿心，人间只有母最亲。
临终大姐声声唤，倾吐儿们眷眷情。
我母非凡闻巷里，富家闺秀择寒门。
操持内外臻完善，关照亲朋展热诚。
贤惠勤劳兼果敢，温良俭朴又坚贞。
相夫教子重仁义，扶弱济贫灿善行。
曾引青年投革命，总期后辈向光明。
灾殃劈顶挺身受，冤屈揪心忍痛承。

舔犊低头常咽泪，望鸿抬眼每伤神。
风和日暖哀长逝，树茂花繁盼复生。
百岁如今若健在，慈颜定会笑吟吟。

（2005 年 2 月 16 日）

赠 仲 文

我搬运重件上楼挣伤脊椎韧带，居家疗治即届一月，仗仲文照护，日趋康复。有感成诗一首，书以为赠。

健康生命最珍贵，老伴爱心价更高。
相互扶持绘晚景，天人和合乐陶陶。

（2005 年 2 月 16 日于黄鹄山庄傍山楼居）

疗伤中铭感亲友关怀之情

亲友们(本地的和外地的,包括远在云南的亲家)获知我伤病后,不断来住处探望,或电话询问,深情厚谊,铭感于心,诗以志。

春风阵阵抚心来,说药传经护我骸。
友爱亲情化动力,能疗伤痛能驱灾。

(2005年2月17日)

读吴清赠《百星词选》

美好诗词志雅怀，百星词选送春来。
寒风凛冽忽生暖，喜看百花自在开。
德是诗魂才是翼，诗词天地您登云。
领航端赖诸先进，似锦繁花日日新。

（2005 年 2 月 19 日）

读欧阳恺兄八十自嘲步原韵

大哥神态未曾忘,侠义刚强从不狂。
师岳精忠报效国,学超投笔力驱狼。
蒙冤不倒英雄志,解禁奋飞教学堂。
长久倾情一统业,寿星风骨不寻常。

(2005 年 3 月)

七里坪感赋[①]

中华唯一列宁市，热土雄才汇铁流。
中外心同由此证，自由天地共谋求。

（2005 年 4 月 15 日）

① 参加离休群体的红安之游，获知该县七里坪曾是红军重要根据地，当时被命名为“列宁市”。

贺章若龙兄八秩寿诞

一

龙的子孙果若龙，胸怀经典舞苍穹。
专精法学拓新路，重建杏坛[①]育后雄。

二

服膺马列笃信毛，宏论入心志气豪。
身教言传诸学子，求真务实不辞劳。

三

钟情大众怀仁义，真切践行贯始终。
维护民权图共富，小康望满归大同。

---

① 1984年底，中南政法学院重新成立，若龙兄任院长。

四

参加土改曾同役,财系开山我伴公①。
最忆陷围文革日,感兄招手暖愚衷。

五

敬公不老松,教协立新功②。
勉力勤跟步,企求不落空。

六

祈愿早康复,倾诚论是非。
期能助国事,晚景更光辉。

(2005 年 7 月 12 日)

---

① 我校财政系始建于 1951 年,当时分为两个班,若龙兄和我同在一个班负责,以若龙兄为主。

② 若龙兄担任湖北省老教授协会副会长,并主持该协会的财经政法专业委员会工作。我在力所能及范围内尽力支持配合。

杨靖宇将军最后的话

“老乡啊，
在这冰天雪地、深山老林遇见你们，
我心里特别高兴！
可是，你们怎能对我说出这样的话——‘投降’敌人？
我们都是中国人啊，哪能向
打进我们国土、残害我们人民的日本强盗投降
——自动放弃斗争?!

“老乡啊，
我现在已是多日未进点滴食粮、饥饿难行，
仅有的这些钞票全都交给你们，
请帮助弄点吃的，
让我稍稍恢复体力精神、好跟鬼子继续搏拼。

“怎料啊，
你们这些老乡离去这么久、还不见回音，
却隐隐约约听到由远及近的兵马奔腾之声，

难道？——
难道是你们向鬼子报了信?!

“无奈啊，
只好忍饥忍累、赶紧奋身急奔，
潜入冰山雪林，
拼着最后的气力，也要坚决和日本强盗做斗争，
为着我们众多的老乡、全中国广大人民的生存，
为着我深爱的党所指向的共产主义目标——
全世界的永久和平。”

我默默倾听杨靖宇将军最后这些断断续续话语
句句沁入心里，铭记着，觉得很沉、很沉…

（2005 年 8 月 18 日晚写于观看电视剧《杨靖宇将军》后）

咏 文 竹

文竹置窗边护栏内，踞钵土生长。其叶形若片片青云，层叠上升；有多秆交叉聚集成团扇状；底叶绿面上又有序添加金黄花点，恰似锦绣图案。深爱其整体貌态精神，特赋小诗以志。

植根泥土喜攀栏，叠叠青云要上天。
中段分层展仪态，各显风姿成景观。
多杆拼合如团扇，底叶金星布绿颜。
全貌轻柔风骨韧，立写文章千百篇。

（2005 年 8 月 26 日）

“九一八”与中秋节夜思

今年八至九月,全国开展庆祝抗日战争胜利六十周年活动。现在是中秋节夜,又恰逢“九一八”事变第75个年头,全国百城鸣警笛以示戒。成七绝两首,志其事,寄所感。

一

今年秋月最圆夜,却合当年国耻时。
辽沈梦中沦鬼域,中华浩劫起于斯。

二

今庆胜倭六十年,皓圆秋月刻尤愆。
百城鸣警国防线,发展当推国泰先。

恭庆姐夫八十诞辰福寿双全[①]

一

八十春秋一瞬间,如烟往事浮眼前。
少怀理想奔革命,壮遇风波受屈冤。
且学岐黄医众疾,聊求温饱度平安。
多亏上帝相关照,保得青山待善缘。

① 作弟稿,经电话商酌,改了一些字,由作弟书写,装饰成匾。据今晨姐夫来电话说,昨天寿庆会很热闹,作弟朗读这两首诗后反应很好,认为概括了姐夫一生,富有意味。

二

一声霹雳春雷响，万木苏生正气酣。
错案推翻还美誉，杏坛恢复育红专。
治家教子喜兴旺，结友交邻乐老闲。
绚丽晚霞天作画，同堂四世庆双全。

天天孙满十岁祝词

你，
——我们的小太阳！
十年前的 9 月 26 日正午，
恰值晴朗凉爽天气，
你就在这大江之滨、黄鹤楼近旁冉冉升起。
如今，你已长成身超一米四、很神气漂亮的大小子。
这学期升小学四年级，已能独立自主往返学校和家里。
你，
门门功课有优势；
还会拉小提琴，绘画，写生，走象棋、围棋；
又能运用电脑上网和海外姑姑、姑父、胜圣姐通信息。
你聪明、灵敏，
拥有良好的天资、气质，
拥有多么好的感悟力、理解力、记忆力……
只是啊——
还需要加强争先精神、攻坚勇气、耐久毅力，
注意发扬你的良好素质与优势，

更加鼓劲砥砺、勤奋虚心学习，
你就会更加全面进步，更加焕发生机，
就会逐步升高，光照大地。

窗外叶黄兴感

日月匆匆又叶黄，耕耘失序果山荒。
如何保住生产力？开创一圈橘子香。

（2005年11月10日晨）

小圣周岁喜吟

宋李中加天合生,周年浑似二郎神。
更期雨露常滋润,体健心康驾彩云。

(2005 年 12 月 6 日)

生 之 歌

养炼求适　劳逸求宜　毋过毋弛　毋急毋滞

走往看思　定规作息　安全第一　留有余地

和合人际　顺应天理　体康神怡　福寿来齐

（写于 2005 年 12 月）

祝小妹七十寿

一

岭头郝族一枝花，玉立亭亭质丽佳。
不慕君卿怜志士，姻缘好合喜刘家。

二

爱国爱家爱子孙，心公心善心温馨。
久思久念久祈愿：长寿长康长在春。

（2006 年 1 月 1 日）

记一次工作会议与旅游结合的活动

旅游开会乃新方，畅语车厢喜气洋。
天沐温泉热身骨，美庐清涧洗衷肠。
桃红李白菜花灿，水绕山环石径长。
犹忆前贤陶吕白[1]，兴衰巨变话浔阳[2]。

（2006年2月）

① 当地流传陶渊明、吕洞宾、白居易的故事。
② 浔阳即九江。

贺刘惠玲教授子尹虹媳协芬结婚之喜[①]

彩虹爱清芬，伉俪乃天成。
辉耀新世界，欢腾电脑城。
情深营幸福，思远创功勋。
恭喜结秦晋，前程日日新。

---

① 尹虹在思远电脑公司担任硬件工程师，妻纪协芬在新世界商场担任业务员，5 月 21 日举行婚礼，我与仲文应邀参加，面赠小诗以抒贺忱。

听孙儿报告

孙儿电话报告英语考了八十八，
爷爷奶奶心里顿时乐开了一枝花。
明天要去当面告诉孙儿一句话：
我们看出一条规律啦——
凡是你投入了时间肯努力，
就一定会登上高峰揽彩霞。

（2006 年 6 月 20 日晚）

赠赖世和同志诗二首

世和新著《今宵明月》《新华文学》读后感

文尚高雅，文化人生。
情化天地，情重清纯。
交好四海，交融艺魂。
修好宅院，修养爱心。

为世和七十五碧云七十双寿致庆

古稀今不稀，科学延生期。
怀抱常舒畅，寿康必并齐。
从心应庆贺，可望越期颐。
关切天人事，携手创新机。

（2006年6月26日）

贺碧昆兄寿学双庆

宏网欢传双庆典，身心教研两康强。
高龄八秩犹腾跃，宪教五旬仍激扬。
走笔诗词倾肺腑，挥毫书艺敞胸膛。
俱缘仁义成风骨，情系九州五大洋。

（2006 年 7 月 29 日）

我看诗应如是

诗以言志,诗以抒情,诗以驰神。
诗以交好山川,诗以欣赏慧能;
诗以吟咏人生,诗以歌颂人民;
诗以鞭挞邪恶,诗以礼赞义仁;
诗以驱赶黑暗,诗以传扬光明。

(2006 年 8 月)

孙儿赠刀喜赋

孙儿两赠刮胡刀[①],欲我容颜显俊豪。
喜得春风温晚景,老树悄悄长俊俏。

(2006年8月18日)

① 孙儿天天最近发现他以前特意购赠我的那把刮胡刀已不能用,于是又动用外婆最近奖励他的钱买了一把新刀赠予我。

爆破后登山行吟

一爆半山砾①,科神立大功。
掀楼为绿化,让地给天公。
医教均移出,庵祠留此中。
我心恋不舍,反复赏山容。

(2006年8月20日)

---

① 按武汉市园林建设规划,将逐步恢复和改善蛇山(又名黄鹄山)的自然生态,现正在着力实施拆除山南大部分建筑,我们长期居住的校北区住宅亦属于即将拆除范围。工程队于19日11时10分运用高科技办法成功爆破了东山麓医院大楼,我今晨前往现场观看。

赠晓虹[1]暨哲学诸贤

2006年国庆、中秋双庆之期，刘晓虹同志自上海来，朱书刚同志设宴黄鹤山麓，诸朋欢聚。有感得陋句数行以赠。

廿载欢新会，老痴敬后贤。
晓虹迎朗日，光彩灿蓝天。
时代在前进，哲思当领先。
如何凝众志，共建我江山。

① 刘晓虹同志曾是中南财大哲学研究生，1986年毕业后考入华东师大读博，现任该校党委组织部副部长，从离汉到今天，已有20年。

看《长征颂》演唱会

是夜，打开电视，观看首都隆重举行纪念红军长征胜利70周年的《长征颂》大型演唱会，场面情景极为感人，会后心潮涌动，成诗一首如下。

激昂慷慨颂长征，台上台前一样情。
奇迹空前创历史，雄才绝世驭风云。
军民共命相依靠，上下同心互爱亲。
残酷天人任夹逼，坚强伟力转乾坤。

（2006年10月20日晚）

记 11 月 1 日东湖聚会

长天楼,喜晴秋。气清清,水幽幽。十一故友,来自原版湖北大学,最远是中原大学源头。笑相迎,热握手。摄影录像,人机频频互动,神气风貌齐收留。剥花生,品菜肴,茶话,餐谈,论今说旧;全无忌,畅胸怀,推敲大小宇宙。这里真个是:和谐、开放、民主、自由。郑重相约:明年风和日丽时,首义校园重游。

(2006 年 11 月 16 日)

76 周岁生日吟

今年生日重现我出生年相同的阴阳两历生日重合现象(阴历九月十五日和阳历十一月五日),兴起作生日吟以纪念。

阴阳重合出生日,复始周行 76 年。
中土家园扬喜气,外洋亲宅起欢言。
此亦人生一趣事,轻柔乐曲过心弦。

读《“四化”教授》[1]

“四化”称诸老，缘何作此言？
长磨出锐器，积慧得鸿篇。
耳顺从心日，孔丘成圣年[2]。
老僵非普律，归天属自然。
仁德当延续，学思可往前。
退休不退志，舒心助后贤。
学蚕献所有，不枉执教鞭。

（2006年12月6日）

---

① 中南财经政法大学2006年12月4日校报载赵德馨教授诗《“四化”教授》，有序曰：“11月10日，在老教授协会会场，有位老教授附耳低语：‘我们这些人，知识老化，思想僵化，血管硬化，等待火化。’善哉斯言，闻之有感。”诗是：“‘四化’天道行，不急更不惊。来时不带礼，去也作烟尘。‘四化’肚中明，心和气亦平。椟藏无美玉，洗耳听雏鸣。‘四化’纪行程，千帆逐劲风。争时多奉献，双手掖后生。蚕至四化龄，不食只吐精。丝尽蛹入药，利人达至诚。”

② 孔子自述：“六十而耳顺，七十而从心所欲，不逾矩。”正是这个时期，孔子集中精力从事教育与典籍研究，从而得登圣境。

飞抵温哥华喜吟

死生与共双飞行，远涉重洋探至亲。
机场心花欢拥放，宅厅话浪乐交腾。
风尘尽洗凭春雨，情感倾流借美醇。
连年焦虑一朝解，万里团圆气象新。

（2007 年 3 月 20 日）

游山谷林荫道

玩够小园换主题，转游山谷探奇异。
僻幽邃静少人迹，密树浓荫漫谷壁。
梯道高悬二百级，扶栏落步达深底。
山溪清澈声滴沥，入涧偕孙挑石砾。
傍岸立桥拍照戏，高高兴兴转回去。
由底返上更吃力，宝宝居然不歇息。
上到顶来好神气，推车猛进笑嘻嘻。
最终疲倦上车憩，入睡安详到家里。
今日外游俱尽兴，荧屏回味添新喜。
只缘童趣天真美，主导天伦乐无际。
倘得家家皆如此，和美世界登峰极。

（2007 年 3 月 27 日）

看宝宝跳舞

两岁小宝宝，喜歌亦喜舞。
跟着姐姐跳，动作合曲谱。
摇臂还扭腰，时跃又时伏。
姿态特逗人，观者笑欲扑。

（2007 年 3 月 31 日晚）

波拉比市鹿湖公园吟草

鹿湖南侧山坡立望

一条直路上遥天，两侧丽居拥绿园。
映照霞光路更亮，盛开花卉景增妍。

板桥信步

环湖亲水桥宽平，曲折多姿向远伸。
信步前行任目骋，胸襟开阔气舒平。

坐跷板又遍游

跷跷板上三代人，频升频降笑吟吟。
遍游内外赏高雅，外景和谐内温馨。

（2007 年 4 月 5 日）

看 樱 花

鲜花密密环枝聚，成串成球堆满树。
蘖叶萌生来势旺，蜜蜂欢舞获粮库。
花树排行灿一路，形姿多样富情趣。
每来看望总生喜，反复巡观犹未足。

（2007 年 4 月 6 日）

公园周边看樱望天听泉

花丛长叶更清丽,草地落英如碎琪。
日照天空蓝至极,绿荫深处泉声低。

（2007 年 4 月 10 日）

独　步

独步黄昏后，碧天挂白云。
方方放亮电，道道驰流星[1]。
绿地金光闪，明窗花树亲。
气清欣吸纳，神骋地球村。

（2007年4月16日）

① 汽车疾驰而过，但见车灯闪亮飞去，状若流星。

仰　望

来球这面喜瞧天,无阻阳光照大千。
霄汉湛蓝云俏白,凌空杉柏倍鲜妍。

(2007 年 4 月 19 日)

游览温哥华法院

外观大厦如花艇,内探原为司法城。
各层楼道宽而净,多处门开正庭审。
任人观看不阻拦,秩序井然严肃甚。
全楼斜面呈梯级,级级青萝垂挂密。
底层广场女神雕,手执天平庄重立。
侧竖著名法官塑,廉明公正受众礼。
法院如此面公众,民主法治好范例。

(2007 年 4 月 20 日)

进入西雅图印象

一从温市进西雅，只感置身新洞天。
茂绿繁花拥别墅，横街纵道织锦山。
湖沉深麓碧光静，云衬蓝天白絮闲。
此地宜人居处乐，比邻相望美而恬。

（2007 年 5 月 1 日）

回顾美洲行

一个半月美洲行，体察儿孙住地情。
加国宽和人际好，海天辽阔雪山明。
美邦富丽有新境，科技高强创世珍。
遍布园林常绿域，最宜栖息养身心。

（2007 年 5 月 5 日）

病　归

病痛袭来怎奈何？脊椎肠胃两兴波。
久罹便秘深遭罪，长困骨伤特折磨。
割舍亲情辞丽域，傍依机翼听骊歌。
求医故国路途熟，争早复康泛碧波。

（2007年5月6日）

复旦哲研班毕业五十周年老同学欢聚

欣抒共同心声

往昔腾朝气，而今灿晚霞。
学成复旦日，棒接大名家。
马义传薪火，哲思育俊华。
耕耘半世纪，桃李漫天涯。
伏枥犹忧国，离岗仍爱花。
赤心常跃动，望眼达幽遐。
舐犊情深挚，葆生意倍加。
偕归百岁圃，骋目赏新葩。

奔聚抒怀

缘何带病奔千里？五十周年聚梦圆。
总记中苏合教好，难忘我辈同学欢。
春风沁脾培人格，朝旭温身促业专。
劳燕分栖各职地，教科共拓众心田。
每闻佳讯衷情悦，偶读宏文两眼酣。
世道无常弯又直，人生多味苦而甜。
辛酸已化烟云去，把手相扶看海天。

（2007 年 10 月 10 日）

不眠吟汇集

2007年10月19日至11月21日，我一直在湖北省人民医院接受急性胆囊炎、腹膜炎的治疗。夜间总有3至6小时不能入眠，为排遣痛苦情绪，往往围绕一定主题，默默吟咏，在昏暗的灯光下，仰身对簿摸索书写草稿。经归类整理，汇集于此。

入院十日情

奈何一病入湖医，两禁紧严命必依①。
五管②缠身难移动，白衣仙佛③握生机。
一针担起双艰任，一保养生一执医，
任管四分流杂液，凝神坚忍候宁期。

---

① 医生宣布禁水禁食。
② 腹部、胃部、尿道、胆囊分插四条引流管；再加上吊针一条管子。
③ 指医生、护士。

苦夜长

千祈夜短夜偏长，胃腹痉挛苦异常。
欲动不能睡不得，如何挨到见晨光？！

又一首

入夜殊易，盼明殊难。
日不眠犹可耐，夜不眠苦不堪。

盼晨临

10 月 21 日晨，医护人员把我从手术后监护室推出，进入 619 大病房，内住六病员，加上各病员的数量不等的陪护人员，真是济济一堂。我在这里住了约十八天。每日清晨起，次第出现下面诗中景象，是我每日所盼，也是我每一天最愉快的时光。

让晨光抹去房内暗影，
让对面大厦显身于窗外高天，
让病友与陪护人员热情话语荡起于病房空间，
让白衣仙子成群结队翱翔于病房内外，
让白袍佛子巡视问诊依次环绕于各个病床边沿。

人生苦乐之思

人生苦乐怎思量？取决此身可健康？
身健志酬方快乐，大鹏折翅苦苍凉。

孙儿背来祝寿珍品

孙儿面带微笑,从双肩卸下沉沉背包的背带,
飚儿接过背包,放到我的胸前打开
啊哟!竟然是崭新的电脑一台。
买部新电脑原是跟大家多次提起的一项关切所在
后来仲文转告,孙儿曾悄悄向她透露:
"爸妈打算买,
是给爷爷的生日礼物,
要保密,莫公开!"
只是没有想到
来得这么快,在我的生日之前突然送进病房来。
更没有想到
新电脑的质量这么好,好得出乎望外!
过后,我独自揣猜:
儿、媳、孙们为何如此安排?
大概就是为了促我形成一种激动情态,
加快恢复健康,
好重新驰骋网络世界。

与孙儿的爱心对话

孙儿紧挨我躺卧的病床一侧端坐着，
一只手还轻扶着内装新电脑的背包。
（飚儿跟仲文到外面商量事情去了）
这时孙儿和我都沉入相对无语的静悄悄，
而感情又似乎都在缓缓流动，
两颗心在贴近、逐渐紧紧相靠。
这样过的好久，我禁不住开口劝告：
“这里空气污浊，你不宜待得太久，
还是早些离开好！”
孙儿立即回答：
“不，我不走！就坐在这里，
让我就这样多坐一会儿也好。”
停了一段时间，我又开口劝告：
“现在该可以走了，
去跟你爸一起陪奶奶一道走，
早点一起走好！”
孙儿又立即回答：
“我真不想走！”
孙儿这样坚持待在我身边的执着态度
让我感受到一种质朴而真挚的温暖亲情
直沁我心头。

生命的回顾与赏析

我七七生辰躺在病房，深深思念亲人上下四方：
我长久怀念早已作古两高堂，
在给我生命、爱我生命、护我生命、
细心抚养、教育、扶持我成长的漫长历程中
种种付出的珍贵事实，种种担当的沉重、艰难
并时有忧伤的情况，不时涌现我胸膛。
父亲为我亲手用毛笔工整抄写的古文选读本子，
母亲为大家亲手精心制作的腊肉、鸭蛋和生姜，
老俩在过年过节和平常休闲时候
同儿女聚会中那份开心谈笑的欢畅
所有这些情景、活动形象
至今依然历历在目，活跃我心上。
后来不幸遭遇中屡次担当的沉重、艰难，
心情的抑郁、忧伤、痛苦
那一幕幕阴暗、凄凉的景况
还不时回转覆盖我心上。
我们——你俩的儿孙辈都清楚知道
你俩在最后的岁月仍然为儿孙生命途程动静担心
仍然撑持守望光明灿烂的前程
面对今天平安、幸福的生活境况，
我常常臆想你俩真的跟我们生活在一起，
那该是多么美满欢畅！
我又静静回味与爱侣仲文生命结合的欢畅：

由三年千里书恋到缔结婚姻后的三年两地深情相望，
到毕生并蒂相守、甘苦同尝、安危同当；
由单纯的两个生命的身心融合
到先后喜获两个新生命的培育教养。
我俩的整个生命流程展示着——
爱的真挚、爱的宽厚、爱的绵长。
经历过：新春的倾情浪漫，炎夏的驱热送凉，
寒冬的加温添暖，金秋的共赏果熟花香。
你和我从来一贯是真挚地合心愉爱
持久流动着爱的朴实、爱的真切和宽敞。
凭着爱，肩并肩，手牵手，走路，过桥，迎风，排浪，
凭着爱，关心亲人，抚育子孙，交好友邻，尽职兴业
共同去开拓和挥发生命的热和光。

我情系我们的爱女与爱子各与其爱侣结合之后的
新的生命气象：
他们分头组建两个小家庭
营造相对独立、多姿多彩的新的生命绿场
先后养育一女二男的美好生命体
个个天真可爱，茁壮成长。

放开眼界，极目上下四方
上述我们几代生命个体及其相互关系只是
恢宏辽阔、绵延久远的全人类生命海洋的几滴果浆。
我们离不开广大人民开拓的生存发展条件，
离不开他们提供的多种多样物质和精神的食粮。

我们要一定记住、永远记住广大人民的大恩大爱，
应该力图回报，而不可徒然坐享；
应该对人民群体尽到自己一份责任，
贡献应有的诚挚爱心和扎实力量。

怀念姐夫和弟妹

关照不周我愧兄，铁婷二妹不轻松。
作弟负重又多病，幸有梅芬甘苦同。
妹婿一山重情义，夫妻恩爱绘彩虹。
维哥老健有洪福，大姐欠缘共晚红。
我疏拜望难辞咎，喜看甥门树孝风。

综观粗识

过往至今百几年，至亲全体属大安，
曲折前行普遍律，尊民定可创新天。

病中忆友

病中常忆聚，痛苦获甘甜。
友谊诚良药，润心并开颜。

忆读孟华回忆录

篇连川沪闽，心串苦酸甜。
文情流潺潺，如听奏琴弦。

赞许董二友

凡事都经手，不论公与私。
宏筹加细酌，按类适时施。
琴瑟谐和美，言行清雅姿。
敬朋周照应，居室汇兰芝。

重谊行

家中两老病，身亦老衰残。
全为会诸友，路遥不惮难。
特迎外地客，深夜领驱南。
大雨留多住，谈天又话禅。

喜入三老居室

九九妈妈七七兄，立迎我等到家中。
阳光满照厅堂暖，花木鲜妍瑞气融。

吴哥刘嫂[①]赞

吴哥豪气壮，爽朗快人心。
率性倾谈劲，奔流不竭情。
翻箱展旧照，热议往和今。
乐担公需事，爬坡亦勇行。
多亏贤惠嫂，辅助最殷勤。

记复旦哲研班毕业50周年聚会

哲院新班子，义高气度宏。
倾情迎众老，张臂拥学兄[②]。
共庆“知天”[③]聚，畅谈创系功。
先贤立教范[④]，诸哲合专攻[⑤]。

---

① 指吴乃敦兄刘良芳嫂贤伉俪。

② 众老、学兄，是特指在母校最先学研哲学专业的年岁已高的这批哲研班同学。

③ “知天”指知天命之年，这里特指哲研班毕业50周年。

④ 复旦大学的创建者马相伯、严复两位先生直至中华人民共和国成立后担任校长的陈望道先生等前辈学校领导人，都十分重视在大学开设哲学课程，甚至亲自授课，望道先生任内更是直接支持哲研班的开办和哲学系的创建工作。可以说，先贤们树立了重视哲学教育的典范。

⑤ 胡曲园、陈珪如、全增嘏、严北溟等位哲学大师各有专攻，在创建哲学系过程中形成完美而强大的合力。

"苏导"献心血①,"研班"试镝锋②。
精诚成大业,声誉耀时空。
后起多英士,新葩灿国中。
如今系扩院,腾起一条龙。
更望图高远,步步不放松。

谢母校母院

校院慈怀敞大门,热迎耄耋老学生。
归游宏阔③欣巨变,聚叙耕耘坦赤诚。
半百光阴④未枉度,一腔心血有收成。
多蒙师辈开淤塞,复旦当年沐暖春。

---

① 苏联莫斯科大学教授、我们的导师柯希切夫与复旦大学教授们合作办学,对哲学研究班的教学与哲学系的创建贡献了宝贵心血。

② 在哲学系正式成立前一年先行开办的哲研班,可以说是个试验基地,检验了正在筹建中的哲学系力量,积累了经验。

③ 宏大广阔的校园 。

④ 我从复旦哲研班毕业后的五十年。

向杨笔耕先生致敬

笔耕专业是刀耕,久在医门用力勤。

德艺双馨日日验,春风拂面怡群生。

敬记护工马雨文师傅

不是至亲似至亲，遭灾之际手援伸。
病情生活全关照，干练精明又贴心。
劳动业岗无贵贱，德工修养有浅深。
马工一样济忧队，医务天空一串星。

在病房拟想回家之乐

到家宛若到天堂，日暖风清绿满窗。
行动自由第一好，信心百倍复安康。

到家实感

倚山居处喜洋洋，迎我离医入暖房。
日照盈窗生气溢，眼欣盛绿盖衰黄。

记中南医院胆道镜手术

静观管插胆囊中,巧运纤维镜做功。
结石三颗依次出,分针才绕半圈钟。

术后铭感

水果湖畔上高楼，寻医幸会“东吴侯”[①]。
主施镜术巧除石，轻松一扫压心愁。

① 这位主任医生竟与昔三国东吴侯孙权同名，谈起颇感兴味。

“一·二三”45周年纪事抒怀①

登记结婚六一年，择天完合依老聃。
六三年序三生日，恰值中华春节欢。
今届四十五周满，正欣半百好姻缘②。
突闻文病住同院，转庆我能亲近看③。
且待雪寒化日暖，共偕春使绿皖山。
天蓝云白爱无限，叶茂花繁情永鲜。

附仲文为纪念我俩登记结婚满47周年写的诗

爱情、婚姻、美好人生之忆

1970年秋，我全家和许多同志一同下放湖北京山农村插队落户。那时生活和生产条件都简陋，下放人员除各自料理生活、分头参加集

---

① 我们主张，按照老子在道德经内说的“三生”之数去选择完婚日期。老子说：“一生二，二生三，三生万物”。一·二三就成为我们选定的完婚日期即1月23日。

② 我俩的美好姻缘应从正式交往、开始恋爱算起，已经是百年之半了。

③ 此处看字应读平声，意义是守护照料。

体生产劳动,还得到下放人员的组织领导关照以及人员间的相互关照,并且得到当地社队组织和贫下中农群众的关心帮助,我们感觉那段下放生活虽苦犹甜。在那里春节聚餐时我酩酊大醉,就是因为心中拥有种种个人的、群体的爱。今天是我俩完婚蜜聚的日子,又届登记结婚47周年,感谢天赐良缘,给了我可爱的家,感谢组织、社会、亲友给了我和全家多方面关怀,让我生活在幸福之中,陶醉在爱的怀抱里。

忆往昔,
一扎扎书信传递,
表达了爱恋心迹。
一句句倾诉衷肠,
激发了相互倾慕心意。
四十七个春夏秋冬,
在风雨波浪中,
同心同德,同舟共济。
在泥泞坎坷的里程中,
携手前进,相互激励。
在艰辛困苦的日子里,
贴心相依,化忧生喜。
在风和日暖的时期里,
共庆幸福,特别珍惜。

我怎能忘记:
那赤诚相亲的浪漫,
那真情融合的甜蜜,
欢欣,快慰,
天上神仙莫能比。

我怎能忘记：
我俩手牵手，
心连心，
成一体，
没有一丝缝隙。

我怎能忘记：
我俩肩并肩，探求人生真谛；
我俩膝促膝，切磋社会真理。
一致笃信马克思主义
向往崇高理想——共产主义。
这一切，
集合成为我俩的幸福园地。
就是我俩的共同情感归趋，
这就是我俩的共同追求鹄的。
借这登记结婚47周年
和我俩完婚蜜聚日纪念之机，
让我俩一起，双手合十，衷心感谢
我们的组织、亲属、朋友、所有好心的姐妹兄弟，
衷心感谢他们对我俩的种种关爱、赐予和支持。
让我们一齐举起酒杯同饮红亮而甘甜的美酒，
祝愿同我们大家的生命、心灵
紧紧联系着的一切美好事物
与天地同广阔久远以至于无际！

（2008年1月23日于中南医院）

拔 管 思

胆囊插管弥三月,腹面而今喜坦平。
结石治疗虽告捷,复康前路不轻心。

(2008 年 1 月 25 日)

飚儿跌伤联想[①]

飚儿跌倒有多因，多担压肩是总根。
我病多时孙又病，刚平孙病文病沉。
正忙国事急家务，奔走各方心失衡。
原本自身基质弱，突临冰滑乃偏倾。
如今重压集儿媳，内外操劳难应承。
建议爱孙分负压，自强不息助双亲。
取训灾殃可得福，保安求适拓新程。

（2008 年 1 月 26 日深夜）

① 1 月 25 日上午，飚儿为我们去首义校区老干处联系拆迁后还建住房问题，走出楼门时滑倒，颈背撞伤。

看雪景斥雪灾

一

漫湖遍地皆堆雪，六合全然粉化中。
晶亮清莹惊美化，天公巨创显神通。

二

缘何突忽傻而疯，持续狂飞闹宇中。
肆虐行凶扰家国，伤人毁物乱地容。
交通堵阻旅群困，电路断开动力穷。
众志定能平巨祸，雪神理应复明聪。

（2008 年 1 月 25 日至 2 月 5 日）

赞秉权先生和所著旅游笔记[①]

目游中外景,心揽古今情。
挥洒美文卷,分传乐友亲。

① 喻秉权先生,先前以所写旅游笔记赠阅,正月初二(2008 年 2 月 8 日)携亲人同我们欢聚于波光园住宅,特赋拙诗致谢。

题回赠欧阳恺兄贺年卡

雪灾过后暖春来,读卡朝阳喜满怀。
祝愿兄台常健好,同观天下福花开。

读吴醒华兄题贺年卡诗次韵

天我曾罹病,春回最喜人。
往事如梦里,平安是至珍。

(2008年2月9日)

附吴醒华兄题贺年卡诗:

楼伟天穷目,湖宁水醉人。
珞珈如梦里,举酒忆情珍。

校庆放歌[①]

猎猎红旗,滚滚黄河长江,我校历史辉煌。灿灿师法,真善美实导向。菁菁学子,祖国代代栋梁。立足校园,放眼八方,为中华民族之崛起,为亿万人民之幸福,我们勤学苦练,切磋研创,携手共进,志气昂扬。

① 2008 年 3 月初,为纪念校庆 60 周年,青松诗社征集诗稿,我特写此篇。

天人春色

一场春雨铺新绿,久困山林顿精神。
央视方传两会景，民生国策得人心。

（2008 年 3 月 13 日）

贺潜山中学百年校庆[1]

潜县黉门庆百龄，山欢水笑喜盈城。
中华志士兴新教，学子基培启智能。
大好时期图发展，有缘际会摘金星。
可凭众力创宏业，为国育才福万民。

（2008 年 5 月初）

① 本诗系与作君弟合作而成，以弟为主。

记 5·12 汶川大地震及救援情况

地陷山崩万宇倾，生灵十万丧命魂。
有撑巨压舍身死，力护幼苗企保林。
中央奔救号声急，全国支援排难勤。
大灾平治凭大爱，天下一家众志城。

（2008 年 6 月）

黄鹤楼公园晨练

鹤园漫步随心欲,楚天极目收丽宏,
高台观舞品情趣,长廊览胜畅心胸。
按撑双臂挺椎直,扩胸张目赏葱茏,
揉腹敲背舒气脉,上坡下崖练腿功。
品匾评联提神慧,望楼眺阁骋明聪。
喜看紫薇半千岁,犹昭丰采传劲风。

(2008 年 7 月)

舒默兄八秩寿诞喜赋

一

犹记当年过锁线，兄操豫语护同行。
同学半载同留校，荏苒而今六十春。

二

只缘左误扩风云，邦国遭灾路不平。
兄我未曾泯互信，乱波息后更加亲。

三

爱侣相偕享自由，老年福境此为优。
祝兄高寿久长福，喜看中华展美图。

（2008 年 8 月）

贺梅儿生日·赞两儿孝心

四四得十六,满圆又顺手。
人生前进路,常胜凭思周。
儿女知生身,第一累母亲。
母病揪儿心,深深关切情。

(2008 年 8 月)

赠远交弟

临困妥排困,心宽路自宽。
不愁云雾重,吉士有蓝天。

(2008 年 10 月 3 日)

仲文中风两月记情[1]

一

房颤方趋好，孰知突中风。
庸医轻性命，失治宣生终。

二

幸转名医院，赢来救命期。
寄情康复路，逐日促生机。

---

① 2008年11月1日晚，仲文突发中风，先在湖北省人民医院医治，后转至上海同济医院。短诗八首，抒写两月余仲文病情和有关医治情形。

三

时时亲双颊，常常揉四肢。
期望促康复，长伴不分离。

四

频频紧握手，累累对泪眶。
切盼医高效，喜起共翱翔。

五

独处凄凉甚，触物即伤心。
时涌双栖景，爱深转痛深。

六

盼续平安日，金婚聚一堂。
儿孙伴左右，共庆阖家康。

七

荧屏显海外，爱女为您歌。
您执护工手，示意乐心窝。

八

记住变天日,零八幺幺幺。
切盼春回暖,欢声上九霄。

(2009年1月6日)

赞颂百岁寿星王敏如老师[①]

凤凰出世值清末,时代三更辨暗明。
学涉中西成显绩,语通内外拓新程。
忠诚教业培桃李,挥发星光导后生。
常注爱心公益事,孜孜不倦好精神。

(2009 年 1 月 6 日)

① 2008 年 12 月 29 日,为王老师届满 99 岁、进入 100 岁的大寿吉庆日,学校领导和有关部门负责人在中南医院王老师住院处举行了隆重的庆典。我因忙于联系仲文转院有关事宜,未能参加当日的庆典,特用仲文和我的名义向校报编辑部发去了这篇颂诗。2009 年元旦上午,又偕李梅、郝飚、喻辉和天天专程到中南医院向王老师祝寿并贺新年,当面呈献颂诗和礼品。王老师神情端庄,敏捷而清晰地答谢。告别后,大家议论风生,盛赞王老师寿高而不显衰颓,用天天的话说"不像百岁老人,就像只七十来岁的"。我随即想到如果仲文能好起来,我俩都能活到王老师这样,创造个"百岁伉俪"该多好!

祝仲文七八寿诞

一

年进七八望九九,善良长者应高寿。
家情国运均堪喜,大好河山待漫游。

二

德学双进促医效,情术同辉保复康。
渡过难关前景亮,从容迈步赏春光。

(2009 年 2 月 16 日同济医院)

斥倒春寒

春暖已成势，残寒竟倒行。
逆施能几日？立望漫山青。

（2009 年 2 月下旬）

常宜老归天惜别

常老毕生名合实，于人于事总求宜。
善良忠厚诚为本，节俭清廉朴是基。
掌管财金支革建，复兴教育琢瑰琪。
寿登九五从容去，瞩望云天惜别离。

（2009 年 2 月 27 日）

恭祭洪德铭学长

春寒突袭哀长逝，网上寻踪慰衷肠。
武德深铭江南岸，挥师痛击野心狼①。
更播文德铭城数②，引聚英豪图国昌。
尽职立德铭高教③，为国育材做栋梁。
厚德殊功铭我校④，革新开放奠基墙。
离休心仍怀国责，伏枥志常系远方。
忠德长铭入青史，蒙冤仍信党红章。
毕生奋斗情不已，青松挺直上穹苍。

（2009年4月15日）

---

① 1937年，中国抗日战争爆发后，洪高中尚未毕业即投笔从戎，参加新四军，一直工作到1941年初，先后作为连营领导成员，率领队伍在苏南皖南一带猛烈抗击日伪顽军。

② 1944年考入西南联大，此后至1949年4月，先后在昆明、北平、上海、杭州、成都、重庆等城市从事党及其外围组织工作，团结引导进步青年和正义人士开展爱国民主运动。

③ 中华人民共和国成立后长时间从事高等教育管理工作。

④ 在我校前身湖北财经学院担任院长期间为学校革新开放发展的奠基发挥了重要作用。

看!

看不够啊!
看着你这蕴含无限情义内涵而又纯朴真诚的面容。
久久地联系着忆想来看,越想越看,想不尽看不够啊!
这里蕴含着我俩爱情源远流长绵延五十余年的历史,
蕴含着15亿8000万个秒单位时间的思想情感对流。
蕴含着我俩共同的社会理想、人生理想、家庭理想,
蕴含着我俩为着实现理想的种种思虑、谋划、索求。
看不够啊!
看着你那双清澈明亮、特具魅力的眼睛,
那是一对神奇美妙的窗户,从中可以看到
我俩曾一同经过的地方、人情、物象、景观:
看到我俩第一次会见在户部巷家里、妈妈的身旁,
亲人们齐聚妈妈的卧房,阳光特别明媚,
欢声如潮奔放。
看到我俩第一次相聚同游于实体化了的中国诗画
——桂林山水之间,订定姻缘美好乐章。
看到我俩第一次联袂回到潜山鹭鸶林岭头老屋,

承接老年父母亲慈祥兴奋的光彩，共同体验
又一种亲人们团聚的喜悦和温暖的馨香。
看到我俩这一生唯一的一段共同下放农村
与农民一起生产劳动、一起开会的和谐景象，
体验到他们现实生活的辛苦、心地的善良、
对幸福的殷切期望。
看到我俩这一生可能也是唯一的一段在加拿大、
美国的时间同孩子们共同生活的欢乐情况，
特别是在温哥华住宅中你和大毛、胜圣
跟小宝宝一起翻腾跳跃歌唱的那种
兴高采烈浑似“疯狂”。
还看到最切近的远景——
2011 年一个美好日子，儿孙辈和至亲好友
欢聚在我们的新居，为我俩金婚之庆热情祝赞、放声歌唱。
看不够啊！
在你灿然绽开笑颜时候，我看到眉在笑，眼在笑，
牙齿也在笑，整个面庞流动着愉悦的神韵，
我的整颗心完全被紧紧吸引，跟着流动、飞翔。
看不够啊！
永远看不够啊，我的目光环绕着你，
连接着无穷无尽的思忆，
连接着无边无际的想象。

（2009 年 8 月）

国庆畅想

在举国欢庆新中国成立60周年时候,再次吟读章若龙学长纪念国庆55周年诗篇,感其深情卓识,联系历史发展,萌发畅想,乃步原韵成拙作一首。

六十大庆耀人间,时代焕新非等闲。
国力提升惊世界,民心振奋撼云天。
几经曲折明真理,累积精华成伟编。
红利万邦排“祸论”,复兴盛境摒“凄然 ”。

附章若龙学长原作:

五十五载弹指间,地覆天翻岂等闲?
大鸟一飞九万里,神舟三渡百重天。
眼非迷惘应能辨,心有阴谋才乱编。
华夏复兴焉是祸,环球同热势昭然。

国庆中秋抒怀

一

环宇洁光照，天人共画圆。
桂香沁肺腑，红旗艳山川。

二

同是中秋节，环球时不一。
华人最爱月，喜彼圆和意。

（2009 年 10 月 3 日）

痛惜桂花遭惨折

走进桂花带,桂枝弃路塞。
竟因献馥香,惨遇无情折。

(2009 年 10 月 4 日)

堵　车

堵车何漫漫？改善何其难？
百姓苦行路，千祈绝纸谈。

（2009 年 3—10 月实见实感）

公汽上的文明风景

一

中青让老老怜小，让率尤推女性高。
传统孝慈新态貌，爱心广献义风豪。
只争不让毕竟少，占座低头羞外瞧。
宣教文明见良效，和谐社会现青苗。

二

车中拥挤有文明，让座老年成普情。
踞坐一名考研者，漠视旁立耄耋人。
众目睽睽浑不顾，七尺之躯似失神。

（2009 年 6—10 月持续观察实录）

采桑子二首

重读毛泽东词《重阳》

距今杰作岁八十,歌颂当年,豪气无前,畅想昨今倍觉鲜。
完成革命开新世,战斗欢颜,建设欢颜,美菊芳馨畅寸丹。

十月泛思

今年十月三佳节,国庆月圆,敬老思源,金桂飘香乐普天。
仲文脑梗近一年,生命慰安,康复艰难,合力坚强可破关。

答吴清兄诗

突发灾殃痛彻怀,中风失语势难排。
同生总胜阴阳隔,犹可相携创未来。

坐看公汽司机开车

骋目汽车路上行,司机动作最牵情。
挤蹭拼进费精力,折绕转弯凭慧心。
换道必遵灯色指,解纷须听警官评。
前进总行之字路,归依规律保安宁。

(2009 年 12 月 6 日)

公汽亲情

一车恰若一家亲,有幸结缘联座行。
每站司机总报站,迎来送往示爱心。

(2009 年 12 月 7 日)

献给仲文

七八年前今日喜，齐天大圣降李门。
历经凶险皆消解，此次灾殃必治平，
有术回天当确信，诸神助力可期成。
春风播绿孰能阻？树长花开万象新。

（2010 年 2 月 16 日）

早起看雪景

瑞雪铺山呈喜色，晨光盈室照福图。
绿装素裹风姿美，地净气清生态舒。

（2010 年 2 月中旬）。

每日爱心功课

仲文营养事，特令我神牵。
小旺助诸事，尽心从不烦。
晨起制浆食，提供日四餐。
快步追公汽，往返成一圈。
床边亲伴护，陆续诉衷肠。
每日必修课，坚持不断弦。
不避风雨急，不辞冰雪寒。
一为感恩爱，源远又流长。
二为补过失，深悔平日憨。
既求保性命，又求复健康。
切盼通言语，倾情诉满腔。
更望能行走，相携游四方。

（2010 年 1 月 6 日初稿，2 月中旬改定）

与时间赛跑的一种体验

1月18日，小旺去中南医院住院治病，从此我独立承担起每天为仲文制作营养饮食并及时携往梨园医院供餐，同时陪护仲文的全部责任，有一种和时间赛跑的精神体验。

紧盯钟表忙制羹，争早乘车赶路程。
保证供餐兼伴护，赛赢时速始心宁。

（2010年2月中旬）

自 娱

今晨7点多,大旺平平姐妹俩吃过早饭匆匆去中南医院照料小旺,我正在厨房为仲文制作菜饭,忽然听到一阵震耳轰鸣声,出外查看,不料竟是厅堂的水泥天花板掉落一大块,打在地面、桌面和空调柜上,这意味着旧居即将废弃而另换新居。戏赋诗一首以自娱。

天上开花地放歌,旧居催我换新窝。

远离忧患转宁适,日暖风清荡绿波。

(2010年2月2日初稿,2月中旬改定)

推陈出新即景

新叶欣欣长,旧叶落纷纷。
绿色铺山野,喜气上霄云。

(2010 年 3 月 31 日)

清明咏感

清思以往怀恩德,明视方来燃激情。
惠矣前人创前绩,美哉新世播新声。

(2010 年 4 月 5 日)

乐观面对地震灾害

玉树必坚挺,青海定长青。
八面伸援手,党国一家亲。
中华有大爱,震灾可治平。

(2010年4月末)

仲文和我志向永同

同怀革命志，少小奔东西。
仰慕大同境，至诚归赤旗。
经年登耄耋，方向不曾移。
克尽平生力，但求有小宜。
复归天地日，永远不分离。
共育常青树，源源献甘饴。

（2010年6月）

张旭同志忠党赞

今年10月,张旭同志跟党革命满七十周年。回顾他从1948年到中原大学任教以来,先后在我校担任教员、教研室主任、党委宣传部长、党委副书记(一度调武汉大学任党委宣传部长、党委副书记),一直是忠心耿耿,勤恳工作,默默奉献,实在是一位好老师、好领导,一位优秀共产党员。值得大家尊敬,特赋诗以赞。

跟党忠于党,年年葆赤心。
勤耕高校地,力树质优人。
淡泊名财位,坚持实朴平。
谦和配信义,精细显真诚。
稳重临诸事,清廉贯职程。
党工年七十,灿亮一颗星。

(2010年10月初)

贺陶德麟同志寿庆

鼎助先贤完重托，珞珈慧果惠中华。
叠张高论开心智，长树红旗耀迩遐。
辨伪明真尊实践，化中融外是名家。
年高尤奋培新秀，连理双星灿晚霞。

（2010 年 10 月下旬）

心送天天返美

心随儿媳送孙行[①],一路风光楚汉情。
挥动白云护金鹤，平安转翅返西城。

① 孙儿天天趁圣诞节学校放假回国探亲,12 月 29 日飞北京会同学一道返美国西雅图。飙儿和辉媳驱车送往机场。

迎春三吟

一

岁岁迎春节，今年大不同。
全球欠景气，我独畅东风。

二

“十二五”开篇，九十党庆年。
和谐谋内外，万事民生先。

三

武昌掀首义，辛亥灭皇朝。
百载辉煌庆，中华步步高。

（2011年元月中旬）

春的力量

是春的力量大于冬的力量，
还是冬的力量大于春的力量？
方方面面齐声回答：
从发展着眼，春的力量肯定比冬的力量强大
看！为了以隐蔽方式抵抗寒冬压迫而卸去全部绿装的
众多树木的枝条又开始返青并生发系列苞芽；
听！在刮着冬季特有的寒冷风声中尽管轻微却是坚定地
吹起春天独有的那种温暖而蕴含生命力的气息；
再看！太阳光同乌云和雨雪经过长时间反复较量，
越来越广阔、越来越稳定地控有天地空际。
更请放眼看、放耳听！中华大地、全球华人界张灯结彩、
锣鼓鞭炮齐鸣、歌舞戏影并起的迎春活动
成为新年最高等级的大庆大喜。
一切证明：春天力大无比，冬天一定要由春天代替，
这是人心所向，也是宇宙铁律。

（2011 年 2 月 1 日，农历春节前一天）

仲文进八十喜吟

医药延年跨七九，寿登八十慰群心。
科学继续创奇迹，稳步相携迈后程。

（2011 年 2 月 16 日）

脱　帽

脱帽迎阳享暖情，风和路净好开心。
经受冬寒严酷逼，更识春晴特别亲。

（2011 年 2 月 19 日）

世界最珍贵的

世界上最珍贵的是善良的人，
人最珍贵的是生命，
生命最珍贵的是纯洁善良的心灵，
善良人们彼此交善关系中最珍贵的是
善良生命的连结、善良心灵的沟通，
其中最珍贵的又是相互珍爱的感情
是这种感情的持续生动交流
是对这种感情交流的亲切感知的心境。

（2011 年 3 月 19 日晨）

人 之 思

人脱胎而生之初,纯属自然,当无性恶性善之分。
随着社会化(包含复杂化、矛盾化)过程的不断进行,
社会环境、人的心灵和习性渐次演化,
由隐约而逐渐显明地出现善恶和相联系的
真假美丑的两分。
纷纭复杂的真善美假丑恶因素矛盾冲突的社会环境
酿造成种种真善美假丑恶的心灵与行为,
其载体就是真善美的和假丑恶的两种人。

(2011 年 3 月 19 日下午)

读吴清兄夫人仙逝讣告后

一

仙讯缘何迟至今？邮员失职乱抛尘。
幸而先得《寻芳》卷[1]，及早交融肺腑情。

二

人间喜得结同心，善美真诚谱爱情。
悦目青山亲净水，抒怀茂绿拥芳馨。
天然原亦随人化，梦幻每曾入实真。
放性驰神大宇宙，通观圆缺与阴晴。

（2011 年 6 月 11 日）

---

① 仙逝讯迟到两月余。先收到吴清兄于夫人仙逝后编出的《寻芳影辑》。

金婚抒怀

听由暑热炙,任便冬寒侵。
我俩能相聚,心怀总是春。

(2011 年 8 月)

仰望易老归天

庭源教授毕生在高校教育与学术园地辛勤耕耘
直至九二高龄仍不停。
他的突然病逝归天，
在人们眼中依然是高悬在天继续闪烁的
一颗善良智慧之星。

善良啊，他是——
那样钟爱和眷恋祖国山河，
那样钟爱长久居于斯、教于斯、研于斯的首义校园芳地，
那样钟爱和眷恋会计学科和从学子弟。
为着鼓励会计学科后继人才的卓然成长，
他让长子把送给他的寿金十万建立奖学金，
认为这样就是最好的寿礼。
平时他又极其珍惜资源，
甚至从垃圾堆发现可用之物也要伸手拾起。

智慧啊，

他服膺戴震"治学不为媚时语,独寻真知启后人"精神,
对专业总是孜孜切磋、融会中外精华、不断创新思想,
他开创了会计学研究的新思路、新方向,
对教学方式方法讲究革新开放,
注重理论结合实际,调查、实习、锻炼能力;
又实行教学民主,师生平等论道,教学相长。
他主张会计不做单纯记账的账房先生,
要做预测决策的诸葛亮。
他把会计的教学科研纳入崇高社会理想,
他追求社会进步、人类幸福,
先后加入九三学社、中国共产党 。
他不只是"五好"①
而且是一位真正优秀的中国共产党党员!

(2011 年 8 月 25 日)

① 易中天教授称颂其父有"五好":好儿子、好丈夫、好兄弟、好父亲、好老师。

恭读萧克瑾兄华卷兴感

克瑾兄近日惠赠《萧克瑾诗书画集》暨《萧克瑾硬笔字诗稿》,欣赏再三,油然兴感。

萧兄笔下盛开花,书画诗文胜彩霞。
最敬精神坚朴直,重情重义爱中华。
共兴诗社号青松,提倡崇高坚挺风。
格律规程承指教,胸怀更在学跟中。

(2011 年 9 月 19 日)

赠《金婚回念》册抒怀

国爱连家爱,姻缘接友缘。
相知倾肺腑,同道共温寒。
时久情弥笃,路遥意更坚。
金婚融厚谊,一册敞心田。

(2011 年 10 月 6 日)

附作君弟:读哥嫂《金婚回念》

万水千山眷眷情,姻缘美满五十春。
相濡以沫存高远,时值金婚叙爱心。

(2011 年 10 月 6 日)

荷　赞

美荷联春夏,凉热两亲经。
茎直排污出,花明溢气清。
泥中茎化宝,水上花生珍。
莲子滋心脑,藕条养体魂。
方方做贡献,处处显精神。

（2012 年 1 月 28 日）

以题名《生命的号角生命的歌》笔记本赠天天附诗

吹响生命的号角吧，
挺起胸膛，
坚定地，
大踏步前进！
谱写生命之歌吧，
用笔，
用心！
一支支的，
记录下你宝贵生命的
活力与豪情。
记录下
不断创造出的
宝贵价值；
抒写向往的
崇高目标、美好前程。

（2012 年 2 月 1 日）

龙年元宵寄作弟书怀

龙年第一月圆夜，玉兔云中透亮光[①]。
姐哥外地倾情望，切盼归来聚一堂。

（2012 年 2 月 6 日）

① 作弟 1939 年生，属兔。月亮雅名玉兔，云遮而又透亮，意味有恙正在康复中。

仲文寿庆会上赠孙书志情

国史全图诗百篇①,两孙②留念记今天。
文龄八秩举家庆,生命芳香畅故园。

(2012 年 2 月 20 日)

① 指两本书:《中国读本青少年版》《唐诗排行榜》。
② 两孙:天天和承泽。

喜泽孙首次归来

最喜孙儿首次归，欢腾拜寿拥春回。
聪明乐学航天术，来日定能环宇飞。

促婿与女保重健康

比邻终是远天涯，时刻心萦婿女家。
保健当为百事首，身强方可创光华。

（2012 年 2 月 22 日）

与婿女议对泽孙的培植

一

优材尚幼小,充值要扶持。
浇灌须量度,光照应合适。
旁帮促自理,身范胜言辞。
成长合规律,摩天展翅驰。

二

爱而不溺,严而不厉;
放而不纵,管而不制。

(2012 年 2 月 25 日)

授受香花相对痛感

大雨来医院,
一束栀子花授受之间,
才喜遽悲。
你哭眼无泪,我伤心几碎。
都只为
勾起今昔对比体味。
往昔,你该是欢笑腾跃,与我比翼飞;
如今,你中风一倒两年不起
满腔情思硬是只言片语不遂。

(2012 年 6 月 6 日)

追忆寿庆情澜

回忆几次榻边庆寿,情思流淌久久:
你添寿,我添喜,
喜在同一生相伴的最亲密的人持续相守。
你添寿,儿孙辈添乐,
乐在妈妈、奶奶(姥姥)的慈爱长留。
特别是今年迎来你八十大寿,全家欢庆,
福星光照高楼。
学校领导也送来祝贺花篮,礼情丰厚 。
可是——
在面对你时或显露那隐忍悲凄的颜容时候,
我心中立即相应迸生一种尖锐刺心
又必须按捺不露的特殊苦楚 。
因为我知道
为了延寿,
为了爱恋让你牵挂的一切,
你要和病魔进行多么艰难的战斗,
你要经受难以计数的煎熬折磨,

却又不能和平常人一样倾诉。

我热切地期望已经在世间创造无数奇迹的科学
再在你身上一显其创奇之手，
为你开创这样一天——
彻底摆脱病痛，获得美好康寿。
那时，我们全家老中青幼
一定紧跟着你，簇拥着你
放声歌唱、纵情欢跃，
洗净一切忧愁！

（2012 年 6 月 10 日）

贺赵德馨同志八十寿庆

精集学评做寿庆[①],大师风范漫卷香。
时空[②]不断开新境,记论[③]交相创彩章。
砌成学塔堪高瞰,造得科船可远航[④]。
敬钦伉俪同专向,唱随谐和共翱翔。

(2012 年 6 月 13 日)

---

① 中南财经政法大学经济史研究中心为庆祝赵德馨教授八十寿诞,汇集中外经济史学界对赵编著的评论成一卷,定名为《赵德馨与中国经济史学》。

② 指赵教学和编著内容所涉及的时期和范围。

③ 指赵教学和编著内容中的记叙史实部分和历史理论部分。

④ 赞美赵的研究成就意义。

重阳同济医院赠弟

兄弟重阳同济会，晴光欢照两江①天。
心欢医疗初见效，笑约偕登天柱巅②。

（2012 年 10 月 23 日）

① 长江、汉江。
② 作者家乡安徽潜山天柱山峰顶。

答作弟贺生日

未曾雄壮愧言己，以恺营康勉理生。
愐发余晖迎后日，添光凑力促新程。

附作弟诗：

贺哥八十三岁生日

回观兄长雄亦壮，又见今朝恺而康。
笑约相携登“天柱”，重阳还盼赐华章。

贺作弟七十四岁生日

治病多凭人胜天，保康常仗笑开颜。
逢凶化吉迎生庆，定见新春乐大安。

（2012 年 10 月 31 日）

答徐健全同志寄怀诗

北京风雪艳阳天，桃李芳香千里传。
记取当年大决战，中原局创果林园。

附健全同志诗：

眺雪观春寄怀

北风吹彻艳阳天，瑞雪千堆远燕山。
水润春心人不觉，芳菲且看桃李还。

（2013年1月12日）

伴侍爱妻仲文散吟

难　状

只是神形活,尽失起动能。
喜歌没响嗓,爱舞无健身,
欲写难提笔,想游不得行,
长久卧床上,需求靠他人。

宅　缘

新宅原由她选定,住时却失自由身。
病情稳定可入住,病重任人抬出门。

元宵记事

元宵陪老伴，晚会相依看。
儿送孙回校，双娥[1]各赴欢。

忆

狂风暴雨夜，相拥互依时，
总信明天好，向阳共远驰。

看

销声仍显意，茹苦特思甜。
力争早复健，建设我江山。

（2013 年 1 – 3 月）

① “双娥”指外甥女小旺与护工大黄。

清明思念

又值清明节,人间活动多。
一是抓农活,二是游山河,
三是扫坟墓,四是访契合[1]。
清明俱所盼,体脑得舒和。
更望能普及,经政起欢歌。

(2013 年 3 月 5 日)

① 契合,我这里是指思想感情相投的挚亲好友。

去医院路上吟

心向医床侍，足登美履[1]行。
东风起爱忆，春色展亲情。

（2013 年 4 月 9 日）

① 美履指女儿女婿为我在美国买的皮鞋。

面对仲文久咳

阵咳频喉[①]久不消，彼情无奈我心焦。
如何疗效得平复，面对春风漾喜潮。

（2013 年 4 月 10 日）

① 喉擦音。

读报兴感

2013 年 4 月 10 日光明日报第 1、3 版登载两则报道，一是《追梦人足迹》开栏首篇，特报道用毕生心血完成堪与李时珍《本草纲目》媲美的巨著《民间兽医本草》作者冯洪钱艰苦奋斗历程；另一是反对铺张浪费系列报道之八，揭露不少地方官员在急功近利政绩观和投机心理的驱使下大搞五花八门的节庆活动劳民伤财、贻害长远的恶劣情景。两则报道对比令人感慨。

一则喜人一则忧，实功造福虚生愁。
辛勤出自大公想，浮艳缘由短见筹。
利世害民高下显，行仁造孽泾渭流。
共圆华梦须同德，直面人生写春秋。

（2013 年 4 月 11 日）

开　　心

忽觉喉声息，长时咳已停。
悄观安入睡，旁侍好开心。

（2013 年 4 月 13 日）

天气骤变有感

大风陡起骤寒凉,昨着短衫今绒装。
变幻风云须有备,面临突变不慌张。

(2013 年 4 月 18 日)

狂风雨中行吟

狂风加暴雨,考我抗争力。
坚毅往前行,安然达目的。

(2013 年 4 月 19 日)

校园步望

绿林绕屋或超屋，春日暖身更暖心。
张臂扩胸大步走，扬眉吐气放眼巡。

（2013 年 4 月 24 日）

赞党员供电抢险队[①]

党员修电送光明,抗震救灾马不停。
照亮灾区大众腑,由衷欢笑遍山城。

(2013 年 4 月 24 日)

① 2013 年 4 月 23 日《光明日报》报道:4 月 20 日,四川省雅安市芦山县发生 7.0 级地震,受灾三县电网全部崩溃,省电力公司系统迅速组成一支由共产党员组成的供电抢险队直奔灾区,抢修电网,普送光明。

悼念刁田丁教授

科社教研获大成，新门叠辟显多能。
毕生不懈前驱志，青史流芳惠后生。

（2013 年 4 月 24 日）

最赏柜上茂蔓文竹

最赏奇珍文竹情,清廉自处贡献勤。
薄收清水能长茂,层出繁枝展蔓青。
盖地铺天张旺气,供新吸废健人身。
形成柜上生生网,悦目喜心净性灵。

(2013 年 5 月 20 日)

雨中去医院

细雨亲新绿,凉风扫暑尘。
爱心驱健步,医院伴阿文。

(2013 年 7 月 21 日)

颂 华 为

读7月23日《光明日报》关于全球最大电信设备供应商华为公司发展历程的报道,深受鼓舞。

名扬四海号华为,"力出一孔"①夺专魁。
乡围城市建功路,集智创新奋翅飞。

(2013年7月26日)

① "力出一孔"是华为坚持的工作理念,意思是聚集一个目标持续奋斗,如同在高压下气流从一个名叫拉法尔喷管小孔喷出可以把火箭推向太空。

赞吴海京著史

《光明日报》2013 年 7 月 28 日报道，浙江省诸暨市一位大学毕业后在该市政法委工作却酷爱史学的普通干部吴海京在做好本职工作之余，用十年时间为《资治通鉴》写出一部四百万字“续记”，读后深为其精神所感动，成诗一首。

趣为动力识为基，咬定目标困不移。
十载业余倾所有，一心撰史续名题。
文四百万成书卷，遍遍翻修细细批。
爱杰诸家联手挺，墨香四散显雄奇。

（2013 年 8 月 1 日）

回梅城看弟记情

8月25日(星期日)上午9时许,飚儿告知作弟已从合肥医院回到梅城家里,提议"趁今天赶去看看叔叔"。我立即赞同,并商定当天往返,遂于10时启程。进太湖县境内开始下雨,到梅城时雨成倾盆,出车冒雨踏水入宅,相见甚欢。返程途中得诗几句记其情。

倾盆大雨涤尘埃,偕子远程看弟来。
床榻边沿敞心坎,喜闻国侄弘德才①。

(2013年8月26日)

① 指的是作君听到侄儿国祥考取了中国科学技术大学研究生的消息。

贺若言孙年满十八并赠字[①]抒怀

一

十八已然成大树，续培得法是良材。
归根还靠自身力，勤奋攻关莫徘徊。

二

我孙立志拓前程，创业建功为国民。
名定若言斥伪劣，健行为字尚精勤。

（2013年9月26日）

① 我孙针对社会上存在说得好听做得差劲言行不一的现象，取笔名若言，既以自励，又以警世人。我这里赠的字是孙儿别名“健行”二字，这是配合若言之名，要求强健行动，这又是采取了《易经》“天行健，君子以自强不息”的含义。

伤心痛聚又长离

得作弟病危讯,飚儿陪我赶到梅城家里。见到仰卧的作弟,其消瘦变形身躯因疼痛而挣扎的情状极为凄惨。大家都为其难以输进营养和消解疼痛而十分着急,我亦极为不安 ,长时间旁侍抚慰。直至晚8时后,针输止痛剂使其渐转沉睡态,大家心情随之放松,我就回旅社就寝。不料次晨得到作弟昨晚10时逝世的噩耗,我异常悲痛,诗记实况于次。

没想到癌魔肆虐狠毒竟如此,
不到两年摧毁我弟高大身。
面对大家环绕遗体哀泣情景,
我立即想到:
梅妹伤心丧失重情的丈夫,
儿女们伤心丧失慈爱的父亲,
孙辈们伤心丧失慈爱的爹爹,
我们这些哥姐们伤心丧失亲爱的弟弟,
平常多有交往的邻里哀思丧失和蔼可亲的朋友,
我们潜山县农林牧线哀痛丧失一位德才兼备的
党政工作者和业务专家,
千丝万缕涌上心来,不禁放声号哭敞悲情。

(2013年11月9日)

寒潮狂风中行吟

今日寒潮刮狂风,走在去医院的路上,感受颇多,成诗一首。

寒风吹猛猛,败叶落纷纷。
挺腰脚踏实,正视体前奔。
危情不乱志,艰险仍坚行。
天下无难事,智勇扫乌云。

(2013 年 11 月 27 日)

父母恩情放思

双亲骨血生婴体，六合食衣养成人。
父母当含天地社，报恩践孝立义仁。

（2014 年 1 月 6 日）

奉赠屈演文同志《徐悲鸿传记》

好书送好友,大师留大图。
马年赞马力,春日话春秋。
策马驰高远,展才益四周。
祝公长健旺,畅笔写风流。

(2014 年 2 月 15 日)

悼念张旭同志

张旭同志是我校初创时期教学工作领导骨干，曾先后担任校党委宣传部长、组织部长、党委副书记。他是大家敬重的老同志，我对他的病逝深为哀悼。

业师兼领导，每每指规程。
忠党身是范，求真步未停。
一生勤且谨，两袖洁而清。
痛悼先驱逝，精神定永存。

（2014 年 4 月 25 日）

颂 知 音

挚友吴清在来信中说:“仲文同志虽未恢复常态,但仍可交流情感,这既是安慰,又存在希望。”接着以诗表达这种感触:“僵卧身姿阒寂音,眉峰眼角透哀忱。交流幸有灵犀在,互慰深创痛楚心。”准确地反映出我们的心境。这应该就是知音,真正的爱情、友情都会达到如此境界。

人间最贵系知音,相处全然敞赤诚,
思想感情常一致,异身浑若是同心。

(2014 年 4 月 26 日)

贺秋风、李飞新婚

侄孙秋风与恋人李飞五一节期间结婚，赠诗以贺。

秋风托鸟飞，同志飞千里，
千里不相离，时时风给力。
新婚好匹配，从此更亲密，
勤奋创新程，光华耀大地。

（2014 年 5 月 1 日）

仲文床畔度端阳

卧床已度六端阳,生命鲜花扑面香。
无语相看心紧贴,依依情意系双方。

(2014 年 6 月 2 日)

贺周鸿昌兄八十五寿庆

昨日收到作陶来函，获知她和鸿昌患病至康复后阖家（包括作黎妹及其女儿女婿）为鸿昌举行八五寿庆详情，兴感得绝句两首，于今日由手机发出，以表贺忱。

一

棋王[①]福荫大孙女，周婿喜登八五龄。
围绕鸿陶至亲辈，同声祝寿倾爱忱。

二

喜兄高寿又多福，功业身家达满圆。
从此畅怀牵爱侣，随缘欣赏艳阳天。

（2014年6月24日）

---

① 谢作陶教授的祖父谢侠逊是闻名于世的象棋高手和理论家，被尊称为“棋王”，寿高百岁，生前特爱大孙女作陶。

赞网络高能

梦中忽见诗仙句,晨起激情索整篇。
长久翻书苦不见,不期网觅迅详全。

(2014 年 7 月 26 日)

贺一山弟八十寿

天人共养仁人寿，体脑同康学者身。
早已登堂阐哲理，经常运笔写心声。
时空两顺真洪福，内外皆和是特珍。
松柏相依生态美，长荫青壮创新程。

（2014 年 8 月 13 日）

学　桂

桂子飘香腾碧空，入窗沁鼻畅心胸。
如何学桂倾能素，造福人天瑞气融。

（2014 年 9 月 29 日）

赠梅儿

一

醒来急探我羊龙①,敞亮楼堂无影踪。
顿悟两儿相伴去,龙将离汉上高空。

二

深悔责龙误所长,内心原本喜龙康。
青山常在可丰产,能为人间创芳香。

(2014 年 11 月 10 日)

① 按农历纪年,我的女儿属龙男儿属羊。

戏拟《西游记》诗歌体贺泽孙十岁生日

泽孙今年满十周岁，回顾其成长过程，饶有兴味。按夏历以动物纪年的习惯，泽孙出生年为猴年，而今年为马年，我希望泽孙结合属马和属猴的人的优点，大有作为。

原来仙石子，隐匿母腹城。
随飞新大陆，择地露身形。
神猴是本体，拥有全知能。
受命来人世，助亲探路门。
人生求美好，世界求清平。
学显超聪慧，绩优惊四邻。
能文亦擅武，技艺精多门。
十岁年属马，希望展豪情。
如骏飞蹄起，片时千里行。
骄娇常警戒，天任方可成。
取得真经册，回归祖国门。
同心创伟业，贡献万代人。

（2014 年 12 月 6 日）

行走途中经受天气变化观感

白日破云出,阴寒转适温。
顽固畏刚劲,理情天若人。

(2014 年 12 月 9 日)

喜晴迎仲文八三寿诞

一

冷雨转温晴，仲文寿诞辰。
天公特作美，庆贺好心人①。

二

太阳忽隐身，推出暗乌云。
又托寒风语，外游不放心②。

（2015 年 2 月 16 日）

① 喜天放晴，我们打算推仲文去黄鹤楼一游，这也正合仲文心愿。
② 面对仲文衰弱形态，我们又在犹豫，天公帮助改变原定外游计划。

马年除夕一设想

七马奔驰今止期，拟争八马奋轻蹄[①]。
人生创想凭功力，锻炼身心可奠基。

（2015年2月18日）

① 我生于马年，每轮回一周12年即称之为一马，七马是84岁，八马则是96岁。

恭读《邓周立年谱》

捧读周立同志所编年谱，心情激动，深受教育，得诗五首以记。

一

抗日怒潮涌雄才，红旗引导畅胸怀。
逃离鬼域紧跟党，灭鬼驱魔扫积霾。

二

党国身家一史书，忠心笃爱迈前驱。
蒙冤受屈犹坚信，审过析功明道途。

三

领头我校九年余，改革开新扩学渠。
立德培才练泳术，分游四海展宏图。

四

亲情图景感人深，欢乐忧伤百味陈。
家国氛围添喜痛，由家及社五中腾。

五

一生心境最佳时，香港参观自在姿。
强国豪情盖岛海，霸英从此敛狂痴。

（2015 年 7 月 1 日）

仲文临别情

辞行不点头,拉手挨胸口,
心堰漫千言,碍难倾泻流。

(2015 年 7 月 24 日)

记仲文看直播纪念抗日胜利大会阅兵盛况之神态

9月3日上午,我在医院陪同仲文看电视直播纪念中国抗日战争暨世界反法西斯战争胜利70周年大会大阅兵盛况,当时仲文的神态深深吸引了我。

你长而宽厚的美丽耳朵在倾听,
你大而深澈的美丽眼睛在凝望,
你感受着现今国家的强盛,
你也感受着一个老解放军战士的荣光,
于是,你轻松地深情地敞开回忆的门窗:
70年前你曾和广大民众一样喷发民族解放的喜悦,
只是不久即身临国民党反动统治造成的民不聊生景况,
又和受苦受难的民众一起衷心企盼再来个解放。
当解放大军进入武汉、人民群众锣鼓喧天欢庆时,
你,一个十六岁的小姑娘毅然参军,
紧跟红旗奔向继续完成解放任务的战斗前方,
揭开了你在部队战斗生活的人生新篇章,
你担任过一段时间的班长,

以后一直在广西军区司令部作战处担任文书。
几年后，你从部队转业到广西壮族自治区政府，
先后在统计局、计委重工业处担任副科长，
随后又从政府调到科学院担任秘书，
在1960年10月下放梧州农村锻炼一年之后又由组织派往当地
梧州医院担任院部秘书。
几年后调回武汉，跨进大学门墙，
先后在湖北省函授学院和中南财经政法大学，在不同岗位上
不断发挥你的秘书专长。
你默默地在长长的回忆中徜徉，
你的心潮有阵阵微波舒展，
你和亿万人民一样期望：
必须珍爱和确保我们的胜利果实，
让它不断向前发展，绝对不容许破坏
不容许有丝毫沦丧；
你热切期望我们的社会主义大业日益兴旺，永远兴旺，
直至实现共产主义的伟大理想！

（2015年9月6日）

深挚的爱示

一天，在我准备回家向仲文告别时，
她忽然缓缓抬起胳膊伸开手掌，一直高抬到我的额头，
又缓缓下降，依次抚摸我的眼、鼻、口，
手指轻轻接触我的脸面、口唇边周。
她的眼神紧跟着胳膊和手，蕴含爱意深厚，
我领会了其中包含着她中风瘫痪失语以来
两千五百多个日夜积聚起来却无法倾倒出来的思想情愫。
我郑重地捧起她的手，珍爱地激情地亲吻着、亲吻着
此时此刻我感到她和我两个人的心，
在温馨地交流、合流。

（2015 年 9 月 30 日）

永远的爱和殷切的期待

你——我心中永远的爱！
我对你有种种殷切的期待：
想听你呼唤，想听你说话，
想听你唱歌，想听你吹奏口琴，
想听你放声欢笑，
总之，就是想听你的声音，
就是想倾听你的心愿情怀。
还想啊，想静静欣赏你的身手艺彩，
看你扇舞、剑舞、交谊舞、打太极拳，
那样生动美妙的风采；
看你练书法，看你摘记书报精粹，
那样潜心、精心、虔诚的神态；
看你在林荫道上舒畅地散步，
任微风自由吹拂衣摆。
更想啊，和你手挽着手到处遨游，
边欣赏、边评说自然风光和人文珍爱。

这是一直在我心中流动着的企求，
是我心中永远不会休止的期待！

（2015 年 10 月 7 日）

人　悟[1]

人应该像汉字“人”显示的那样矗立宇宙间：

头接高天，有开阔远大理想，有大公无私信念；

脚踏实地，站得端正，迈开双腿定能勇往直前。

（2015 年 10 月 16 日）

① 晚间观看“全国道德模范表彰大会”感想。

喜 迎 雪

开窗现雪景,悦目喜开怀。
久望终如愿,清明世界来。

(2016 年 1 月 20 日)

医病与医人

医疗护理人员把对病人身体病痛处的医疗护理扩展到对病人整个身心的医疗护理，其具体工作的情景和明显功效，我在武汉市第三医院(同仁医院)心内科二区对此有真切感受。

科区主任蒋雯和所有医护人员
每日每次来到我老伴卧床跟近，
总是笑吟吟亲切地呼唤她“奶奶”
声声引人动情开心。
接着，他们恭敬查看、精心施治、热心
护理、细心给药、准确打针。
老伴身处如此和谐氛围，欣慰舒宁
自然增强克服病痛争取康复的信心和精神。
在她八十四周岁生日来临的时候，
科区主任和众多医护人员特意齐聚她的身旁
专门为她举行喜迎高寿的诞辰之庆
送来美丽的鲜花和用心制作的工艺礼品
又一齐热情地簇拥着她频频摄影

这般情景更加促动她提升人生幸福感，
她特别开心、兴奋，眉眼颜容堆满激情。
我身临其境，真切体验了
行医实质是行仁道的美好感人情景。

（2016年2月19日）

生 命 观

无限自然又唤天,人本属天必返天。
人生自古谁无死,须留清气在人间。

（2016 年 4 月 27 日）

黄鹤楼山景观赞

黄鹤楼牵黄鹤山,叠青堆绿接天蓝。
首接巨桥赏波浪,尾通大湖看平澜。
历史伟遗成系列,现今名胜展绵延。
天人合美世无二,生活此间是福缘。

(2016 年 5 月 31 日)

仲文就这样突然离去

仲文,你就这么走了?
实际是
你和我都感到特别突然,陷于不知所措的境况。
你是被突发的急剧心室颤抖强夺生命,
你明显在做强烈反抗,力争保住生命
却难以见效,陷于极度痛苦慌张
我的心紧贴在你的心上,处于完全相同的境况
你我一样都不能接受这样突然离丧,
你我早已属于同一生命体,怎能分割成东西两方?!
我深切了解你心中还有许多牵挂:
你是一位慈善热情的老年人,
你还想同兄弟姊妹、至亲好友会见
听他们说新鲜故事,发展近况;
你还想同所有儿女辈孙辈欢聚一堂
想知道他们生活安适、诸业顺畅;
你是一位忠诚的老共产党员,
还想亲眼看到社会繁荣进步、

人民大众喜气洋洋，
拥有确凿条件
去实现共产主义理想。
就是因为这些
你长时间不肯闭合双眼，总是睁眼凝望。
我强烈不舍，却又无法帮你对死神进行有效抵抗，
深深陷入无限伤心颓丧的凄凉。
就这样撑持一段时间，残酷事实终于来临
医院人员施救失效，他们和我一同沉浸于无奈的悲伤，
我们就这样看着仲文无限痛苦地撒手离去。
我立即默默起誓：一定自强不息，
继续实现我俩的共同愿望
一定勉励孩子们继续前进
做好你牵挂的各种事项。

（2016 年 6 月 16 日）

送仲文远行

2016 年 6 月 20 日清晨
天,阴沉沉,雨淋淋,
亲属,挚友,学校离退休人员工作部的同志们
齐聚殡仪馆礼仪厅为仲文送行
大家组成长队
环绕着安详地躺在灵床鲜花丛中的仲文遗体
有序地频频默致送别之情
我随着人群移步,目光却一直依依不舍、
凝神注视着我长期依傍的爱侣的身貌神形,
隐约感受到她蕴含挚爱的亲切回应。
片刻后,遽然分离……
她被簇拥推上向西远行的途程,
我在大家簇拥下慢步出厅。
我把痛、把爱、把无法言喻的种种感情
全按压在心的底层。
在休息室默坐的一段时间中——
眼前恍惚出现众多的仲文的化身

在上下四周自由飞舞驰骋
顷刻间又消失净尽。
紧接着——
儿女们捧着仲文的灵位和骨灰盒
继续殡仪馆举行的送葬仪程。
我从幻觉中醒悟过来，
立即默默跟随前行，
胸中怀着仲文的美好身貌神情。
送葬仪式刚结束
我们又立即登上送葬专车
由它径直开往石门峰福星园墓林。

我们在大雨倾注下举行安葬礼仪，
表达虔敬之情。
梅芬妹陪同我带领儿孙们
向仲文灵位进行庄严的三鞠躬敬礼，
随后全体人员又全神贯注地
敬捧灵位与骨灰盒安顿在墓室中心。
天公立时画下满意的句号：停雨，放晴！
我们同墓园负责人商议了做好墓室的修饰、
关合和墓地的立碑、植树等有关事项日程。
离开墓地前，我伫立墓碑近旁恋念凝想
隐隐感到仲文的魂灵贴近我、跟着我前行
在默契中共同观赏东湖湖面的广阔清莹
眺望湖面遥远边沿，
瞬间双魂相牵融入浩瀚太空云层。

火化与爱侣

现实情

每见仲文的单身照、合照，她曾穿戴的衣帽，
就似乎看见她向我走近、展现着美好风貌；
每见她的日记、笔记、信稿、诗稿，
就觉得她在挨着我倾诉思想与情感；
我正在整理近六十年来的诗稿
其中贯串着我与仲文共同生活的点滴
更让我沉浸于我俩命运与共的感情波涛。
我在诸多活动中每每出现与仲文心神相依的幻觉
在睡眠中又频频出现会见仲文的梦境
深感我俩神魂难以分离、紧紧依靠。

未来幻想

我的至爱躯体火化后

成了簇簇气烟飘扬上高空，
成了撮撮灰烬撒落到大地。
我今后也将被火化、化为气烟与灰烬，
从此，仲文和我各自躯体的微粒子
都将和对方的神魂紧贴一起
或在高空，或在大地，
随兴自由来往，
规划设计美好的行止时历。

（2016 年 6 月 26 日）

住院晨望

2016年8月25日起，我在中南医院甲乳疝外科病区住院，准备做切除切口疝手术，病房窗临东湖和水果湖，早晨太阳升起后凭窗外望，饶有兴味。

两湖集众影，
齐收我眼瞳：
群山群厦周边绕群绿
群道群车中间纳群容
从公从工从学急匆匆，
组游、自游，均显兴趣浓，
自个走来就医的、由相关人送来就医的、
来医学院学习的，各有衷情，都不轻松。
天空、地面、万象、千情，全入脑眼中。

喜圣归来

圣称刚成硕，庆寿特归来。
能助编诗稿，可陪游湖陔。
其情殊挚厚，我乐心花开。

（2016 年 11 月 5 日）

答健全咏梅

梅与竹松冬日友,率先播香导春来。
清馨献世隐身貌,盖叶遮华畅胸怀。

（2017 年 1 月 6 日）

衷心崇敬潘梓年校长

——纪念潘梓年同志诞辰124周年

学哲北京马义通，决心革命拟从戎。
病阻落空回上海，适逢反共刮狂风。
立即扬旗当赤党，领导“左联”立大功。
入狱志坚诗慰众①，坚述马哲拓新容②。
创报新华忠职守③，抗争白恐扬正风，
解放掌校兼司教④，交涉议方并审通。
调国科院兼哲线⑤，建业多方气势宏。

---

① 由于叛徒的出卖，1933年5月，潘梓年同丁玲一起被捕入狱，囚禁达四年之久，他在狱中坚强不屈，曾写过一首《咏雪》诗鼓励难友坚持斗争，诗曰：“一片一片又一片，飞上河山皆不见；前消后继更凶猛，终把河山都改变。”

② 他在监狱中坚持理论研究，写出《逻辑与逻辑学》。

③ 出狱后党组织安排他在国统区创办《新华日报》，任社长。

④ 1948年12月，潘梓年被派到中原区创办中原大学，先任副校长，后正式任命为校长 。1949年春学校迁武汉后，他除了继续领导学校工作，又奉调任中南军政委员会教育部部长、文委副主任兼高教局局长等职。

⑤ 1954年，潘梓年调任中国科学院哲学社会科学部副主任兼哲学研究所所长，并担任《哲学研究》编委会召集人。

正筹晚景创新著，突降诬栽系狱中[1]。

屈亡长久终昭雪[2]，原是清高伟岸松。

（2017年1月11日）

---

① 他决心晚年集中精力做研究工作，写出两本书：一本是《逻辑学》，一本是《辩证唯物主义和历史唯物主义》，一直到“文革”爆发后，他还在积极搜集资料。不料灾难临头，他突遭诬陷入狱，近六年后病逝于狱中。

② 在党中央的直接关怀下，他光辉战斗的一生终于得到充分肯定和正确评价，在1982年2月17日举行的追悼会上，他被追认为中国共产党的优秀党员。

毛鲁神交颂[1]

一

救世神交颂二公，毕生未见却神通。
一挥兵马一挥笔，配合机灵巧御风。

二

毕生最爱读鲁书，毛尊鲁圣做贤生。
全面深谋取胜策，鲁合毛思创坦程。

（2017 年 1 月 20 日）

① 鲁迅和毛泽东是两位毕生未曾会面，却心灵相通、相互敬重，分别在各自的领域对中华民族和世界做出了显著贡献的伟人。

贺婷君妹寿喜[①]

寿高逾八秩，德硕惠多方。
努力营诸事，端容亮大堂，
热心广服务，深望众安康，
珍言付身践，理想化经常。
天赐忠诚侣，共燃幸福香。

(2017 年 1 月 23 日)

① 婷君妹是 2016 年夏历九月初二(公历 10 月 16 日)满八秩，我原拟前往马鞍山市登门祝贺，因事阻未果，现补作祝贺诗 。

春节咏情

喜临节网通

儿联校网得开通，电脑换新孙立功。
节假遂能倾肺腑，吟诗创论放飞鸿。

全家同向文灵拜年

家人至戚拜大年，逐个点香礼灵前。
拍照频频留纪念，畅谈社会古今贤。

感谢挚友春访

名师挚友拜年来，敞惑敞疑获解开。
祝愿祝君长健好，老愚有赖解迷呆。

感谢中华同志春访

忠党敬先好作风，新春访老礼情隆。
祝君身健阖家乐，事业方方气势宏。

喜记圣孙春节回故乡热忱

重负压身犹望返，故乡恋念特浓浓。
终于脚踏亲亲地，获见亲人情冲冲。

乐游东湖梅园

东湖飞棹畅胸怀，天水祖孙入梦来。
梅园逐花摄心境，古树添葩亮情台。

春节扫墓记情

上元联袂来福园，围绕仲文写爱篇。
辛苦开车儿尽孝，两孙布祭赤心酣。

谢友[1]节访

关照老愚久而深，身心医养概注情。
更蒙乐画欣耳目，特具医功畅六神。

全家喜春

全家春节显神通，各有专筹又协同。
实证百花齐放美，中青偕老乐融融。

（2017 年 1 月 26 日—2 月 16 日）

① 这里指我的两位好朋友：劳再鸣，我校美学老师，擅长古典音乐；郭忠梅，护工中介站负责人，喜爱音乐、唱歌。

悼念沈平同志

投身革命创光明,我校先驱创业人。
学教生活俱蒙助,更承介绍入党门。
邱姐与您常指点,避弯就直导迷津。
同舟共渡奔辽阔,携手登高畅胸襟。
热心公务立前列,又感助人好心情。
祝愿登天辟新境,尽善尽美畅友声。

(2017 年 4 月 17 日)

忆仲文

定缘[①]

天地人俱好，姻缘属大圆。
春风桂林会，明月系心弦。

爱洁

病床常伸手，抹我眼角眵[②]。
不容留污点，破损好风姿。
此情定永记，保洁不稍弛。

（2017 年 6 月）

---

① 仲文与侠君正式缔结姻缘于 1961 年 6 月桂林教学期间。
② 仲文在 2008 年至 2016 年瘫卧病床期间经常伸手为我抹去眼角眵。

赞 希 贤[1]

革命反侵立大功，投身建设显豪雄。
“文革”多灾思社国，“村监”[2]常动识微宏。
彻悟须开新道路，渐吹改革热旋风。
经济复兴绩始现，科文发展势乃弘。
高寿暮年虑国运，前途美好福人民。

① 希贤是小平同志幼小读私塾时老师给取的，意思是希望他成长为有道有才能的贤人。他长时期一直用这个名字，只是以后为担当党的秘密工作方才改名邓小平。

② “文革”中，他被流放江西乡村管制劳动，服行所谓“村监”。他的夫人卓琳随往。

回忆国庆中秋双节在马鞍山市同至亲欢聚三场情

乘动车抵达目的地欢聚情

晴天高兴访婷家，千里动车一路夸。
抵时天忽变阴雨，亲情光热畅心花。

采石公园同游情

采石公园游半天，赏新怀旧趣情酣。
婿妹相伴话今昔，平甥引导护旁边。
矶景壮丽悦心目，诗草[①]崇高照世间。
马鞍名望传四海，当涂史迹耀百川。

① 诗指诗仙李白，草指以草书扬名被尊为草圣的林散之。

中秋夜宴情

国庆中秋庆满圆,一山设宴大家欢。
家道兴隆人健旺,共祝全球享福安!

(2018 年 3 月 2 日)

圣孙喜讯传来

纽约公方终识圣，安排对口专科岗。
从此圣居艺术馆，充分展示已优长。
还望常思成长史，生存学习涉多方，
依靠家国地天物，亲朋大众热心肠。

（2018 年 3 月 3 日）

实现理想[1]

我们具有伟志豪情，
能够形成明亮的灯塔，
聪慧的光碟，
照亮前进道路，
指引奋斗方向，
展现无限辽远、广阔无边的田野。
让我们脚踏实地，迈步前行，
投身广大民众行列，形成大联合的坚强组织，
运用科学技术，把握客观规律，
栽培粮食菜蔬，植树栽花，
造福生活，治理社会，发展各项事业，
为实现天下为公、世界大同的崇高理想，
坚持不懈，艰苦奋斗，永不停歇！

（2018 年 6 月 15 日）

① 天孙最近发来短信说，看到一句歌词，觉得很有意味，“特发给爷爷共享”。这句词全文是：“生活不止眼前的苟且，还有诗和远方的田野。”我静心欣赏后感到这是一种对理想的深情歌颂，于是写下《实现理想》诗篇。

记游和平门暨同名公园

美加两国本同根，利益纠纷起战争。
协议和平建巨门，门头题字寓亲情。
“children of a common mother”。（同一个母亲的孩子们）
广阔公园含分界，友好宽容兄弟心。

（2007 年 4 月 22 日）

三　亲　赋

我八十岁生日当天,学校特赠大盆树景一座,树高约一米八,树干由五根藤条以人字形交互攀抱笔直挺立,上托众多椭圆形宽阔绿叶蔚成荫盖,根部特厚沃土培护,十分稳实。整个盆景给人以天亲、地亲、人亲之美好感受。特命名为“三亲树”,并作赋以抒心声。

天亲兮,绿荫呵护。
地亲兮,沃土培育。
人亲兮,众手相牵,众心相顾。
三亲兮,生生不息,无限幸福。

(2010 年 11 月 5 日)

回答扶明高同志的三副对联

明高同志于去年底调任西藏自治区银监局局长。今年春节伊始,他给郝飙手机发来对我全家的长篇贺年信,其中有应中央电视台春晚约写的五幅对联。我于今晚也通过手机对他发出三副对联作为答谢和祝愿。

(1)上联:雅人雅兴;下联:厚礼厚情。

(2)上联:登世界最高处;下联:做中华特好官。

(3)上联:胸中常纳民生大事;下联:手上广播党国春风。

(2011 年 2 月 4 日)

赞“治庸问责风暴”

治庸问责发强风，武汉高层动硬功。
失责即追兴法纪，见庸必治起豪雄。
反腐清污更着力，文明光彩耀寰中。

（2011 年 6 月）

高校进军号

清华校庆不一般，高校进军号令会中颁①，
全面提高质量要求迫，不容懈怠误机缘。
邓刘陈邓言犹在②，奋战趋前须着鞭。

（2011 年 6 月）

---

① 清华大学百年校庆，胡锦涛同志在庆祝大会上讲话，对我国高等教育、高校老师、高校同学提出了要求和希望。

② 指邓小平、刘伯承、陈毅、邓子恢创建中原大学的讲话。

抒怀一联

上联:属意清荷过春夏;下联:寄情翠柏度秋冬。

(2012年1月29日)

抒怀又一联

邻居一位老太问仲文情况后对我说:“能留在身边,是个贴心的伴,不会冷清啊!”一句话通到了我的心窝里,细细咏味,顿生一联:

上联:留得青山常舒眼;下联:胜过暖气最温心。

(2012年1月30日)

仲文八十寿庆对联

上联:投身革命,热诚服务大众,而今六十三载;

下联:合心治家,深情抚育两代,于兹半百余年。

横批:仲文八十寿庆大喜。

又一副对联

上联:十六参军,历经转行移岗换位,欣看革命成功,建设发展,人民安泰;

下联:三十成婚,持续助夫理内交外,喜见亲友和谐,儿辈乐业,孙们向荣。

横批:仲文八十寿庆大喜

(2012 年 1 月 31 日)

元宵网致友人陈慧筠

云遮不碍月圆，天长地久人寿，心和气畅无忧。

（2012年2月6日）

悼作弟挽联

拟就挽联稿,10 日一山弟书写时,将原稿中“潜县”修改为“全县”,联文如下。

忠党爱国亲民开创全县畜牧兽医新貌造福社会
孝亲尊长抚幼树起我族兴家立业高风留范世间

送李晴[1]归天挽联

老朋友李晴重病不治于1月26日逝世，至为哀痛，撰挽联纪情。

爱国志士为人民解放曾冒风顶雪蹈泥踏污不料舌锋招忌

长期冤屈幸邓公搭救重获光明笔耕地

热血巨篇写历史真实必求是揭非诵善斥恶力图书卷画像

彻底清亮让大众认知开辟幸福生活程

（2014年11月26日）

---

① 李晴，原名何鸿，安徽太湖县人，生于1930年。他与我是中学同学，较早同中共地下党组织取得联系。1948年春，他对安庆市区特定范围学运和地下进步学习及革命情报活动起了引导作用 。当年12月，按中共地下党组织安排，他与几位同志一道秘密前往河南解放区，入中原大学21队学习。他毕业后被组织分配到新华社，担任地方分社记者。1957年被错划为右派分子，送农村监督劳动，"文化大革命"期间又被以"反革命分子"罪投入监狱。他在狱中坚持撰写早年就想写的太平天国题材的小说草稿。1977年秋，他在劳改农场写信给邓小平同志申述创作太平天国题材的小说的愿望与构想，要求给予实现愿望的条件。小平同志很快批示："写一部这样的作品是一件好事情，应为他提供生活条件和创作条件"。李晴由此获解放，有了正常生活与工作的条件。1979年初《历史研究》全文发表李晴当年批驳戚本禹致祸的论文，受到史学界重视。为创作方便，1980年初他由郑州调广州，在报刊机构处理日常公务的同时以较大精力从事太平天国题材小说创作。1981年由花城出版社出了他的第一部历史小说《天京之变》，几经周折，全四卷《天国演义》终于完成，由中国文史出版社2006年出版。另外他还先后出版了其他长篇小说剧本，发表了不少作品。他的写作态度是力戒胡诌，务求有据，资证兴亡，展现进步。

仲文逝世周年纪念灵堂对联

上联:同志同爱国同关怀大众此心永在

下联:共生共跟党共眷注全球斯情长存

横批:心聚情融

（2017 年 6 月 16 日）

人间真情永热长存

——回忆吴清与我交谊历程

辛冲汩汩流泉，照亮我学子读书救国志。初读姜岭，便有国民党反动派特务监视，我们反感那一手遮天、独控日降的局势。我们先后分途走上革命解放路，这一别就是五十年一万八千二百五十个日子。

再次相会于武汉黄鹤楼边的湖北财经大学，大家貌态都变异，而神气仍大体如昔。“弹指五番春夏”，车船“乘风千里”，几位老学友造访南京吴清离休家里，欢谈如泉喷起，思往事今情，喜忧交集；得病期望康复，尚健互瞩珍惜；皆盼天下太平长久，让广大人民安居写意。无奈事实的发展不从人愿，程操同志病情没达到康吉，而是大体如前为继；不到八年，仲文也因中风留下了与程操基本相同的后遗，从此她们姊妹俩增添了可以互通病情与治疗经验的病谊，吴清和我俩承担传递。从那年凯兄、李晴、刘丹、仲文和我在南京见到吴清程操时始至今十七年，两位亲人、两位挚友次第同吴清我俩长辞永逝，我俩自然更加相互关切、企求保持亲密联系，不料就在看到吴清发给我校离退休人员工作部探问我的消息的专函后，我迅即回复我的详情，特发国内标准快递妥寄吴清家“南京石门坎南街 1 号 1 号楼 402 室”（当时现场核实)，不料邮称无人接纳、原件退回；其后我又用手机上网发信查询，更无消息。我以为从此往后要找到这位老朋友已成绝大难题，心中常戚戚又常依依。恰值国庆中秋双节假期，我偕子、媳看望妹夫一家，所在地区的马鞍山市恰同南京市隔江对峙，乃有过江试探南京老友的计议，于是按手机中原存号码一拨电话，在充分期望又相当无望的矛盾心情中迎来不期而至的奇迹——传来吴清声气，我们心中顿涌飞来喜，立即同好友江苏省银监局领导人联系，得到他的热情支持，由他开自家车直奔吴清家里。两老身临望外喜、激情拥抱，双方张目审视、相对问答不止浑如痴。好个家庭顾问为大家做好丰盛餐席，全体入座欢声迭起，品菜、说人、述故事、夸情谊，恍若江水滔滔通过武汉南京两座大桥川流不息，就这样给大家留下了美好记忆。

为庆祝我满86周岁生日，外孙女胜圣专程从荷兰归来，在国内的儿、媳、孙同她商定举行宴庆，并邀请芳邻钟达兰叶萍母女、我的两位往年硕士生（刚来武汉开会的华东师范大学教授刘晓虹和他的好友我校教授朱书刚）参宴。上照是刘（左）朱（右）二位为我切他俩送来的生日蛋糕，下照是外孙女和孙儿高兴地抱着学生送来的祝寿鲜花。